DE LIBRO EN LIBRO

© 2016, Jaume Copons, por el texto
© 2016, Liliana Fortuny, por las ilustraciones
© 2016, Combel Editorial, SA, por esta edición
Casp, 79 – 08013 Barcelona
Tel.: 902 107 007
combeleditorial.com
agusandmonsters.com

Diseño de la colección: Estudi Miquel Puig

Segunda edición: noviembre de 2016
ISBN: 978-84-9101-152-1
Depósito legal: B-16352-2016
Printed in Spain
Impreso en Índice, SL
Fluvià, 81-87 – 08019 Barcelona

DE LIBRO EN LIBRO

JAUME COPONS & LILIANA FORTUNY

combeL

1

UN PEQUEÑO ACCIDENTE EN EL PARQUE

¡UAAJAJAJA!

Solo faltaban dos días para que empezara el nuevo curso escolar, pero como hacía buen tiempo los monstruos y yo decidimos pasar la mañana en el parque. Y para no llamar la atención, nos escondimos tras unos arbustos. La idea era que, si alguien pasaba por allí, yo fingiría que jugaba con muñecos.

Era agradable estar en el parque: aire sano, flores, árboles, pajaritos… Y durante un buen rato leí en voz alta *La historia de Ferdinando*, un toro bravo que no quería pelear en el ruedo porque prefería oler las flores. A los monstruos les encantó. Y a mí también.

…Y, que nadie sepa, Ferdinando aún sigue allí, sentado bajo su roble, oliendo las flores.

¡Ah, cómo me gusta el texto de Munro Leaf y los dibujos de Robert Lawson!

Que dos dictadores como Hitler y Franco prohibieran este libro ya lo dice todo. ¡A los tiranos les encanta prohibir los buenos libros!

Y así estaban las cosas cuando tuvimos un incidente inesperado con una abeja. Y todo se lio mucho más de lo que era previsible en aquel primer momento.

A pesar de esa teoría que dice que si no las molestas las abejas no te pican, aquella mala bestia le hincó el aguijón al Sr. Flat. Y, por si fuera poco, tuvimos que aguantar las estúpidas risitas del Dr. Brot y la tontería de Nap.

Se produjo una situación un poco tensa, pero el Sr. Flat nos dio una lección de sentido común.

Venga, vámonos a casa y mañana será otro día. No vamos a montar un drama por una insignificante picadura de abeja...

¡Y tampoco vamos a dejarnos provocar por un chiflado como el Dr. Brot!

De camino a casa, el sentido común que había demostrado el Sr. Flat se esfumó por completo. De repente se enfadó terriblemente y empezó a decir cosas muy extrañas. Por supuesto todos pensamos que se debía al dolor de la picadura.

Si no hubiéramos ido al parque no me habría picado la abeja. ¡No entiendo por qué hemos tenido que ir al parque!

Los parques son asquerosos. ¡Están llenos de insectos y bichos repugnantes!

Huy, huy, huy...

¡Qué mal rollo, Sr. Flat!

En cuanto llegamos a mi habitación, el Sr. Flat se tumbó en la cama y se quedó roque. Me pareció raro porque él siempre era el último en acostarse. Pero lo más raro fue que incluso durmiendo no paraba de maltratarnos y de quejarse.

Ziro, que ya tenía la mosca detrás de la oreja, me pidió que fuera a la biblioteca municipal y tomara prestado *Las meditaciones* de Marco Aurelio, un libro que el Sr. Flat releía cada dos por tres. Hice lo que me pidió Ziro y, cuando volví a la habitación y leí un fragmento del libro, la reacción del Sr. Flat fue increíble.

Si una cosa te parece difícil de conseguir, no pienses que es humanamente imposible. Más bien piensa que, si es posible y común a los seres humanos, tú también puedes conseguirla.

¿Te quieres callar, chaval? ¿Es que no va a haber manera de que un pobre monstruo decente pueda descansar un poco? ¡Maleducado!

Y vosotros, inútiles, ¿qué miráis?

Una reacción así ante Marco Aurelio, que tan buenos consejos sabe dar... ¡Me temo lo peor!

Que el Sr. Flat, que nunca tenía un no cuando se trataba de leer un buen texto, no quisiera que leyéramos uno de sus libros preferidos, me asustó. Pero lo que me dejó a cuadros, prácticamente pixelado, fue la reacción de los monstruos.

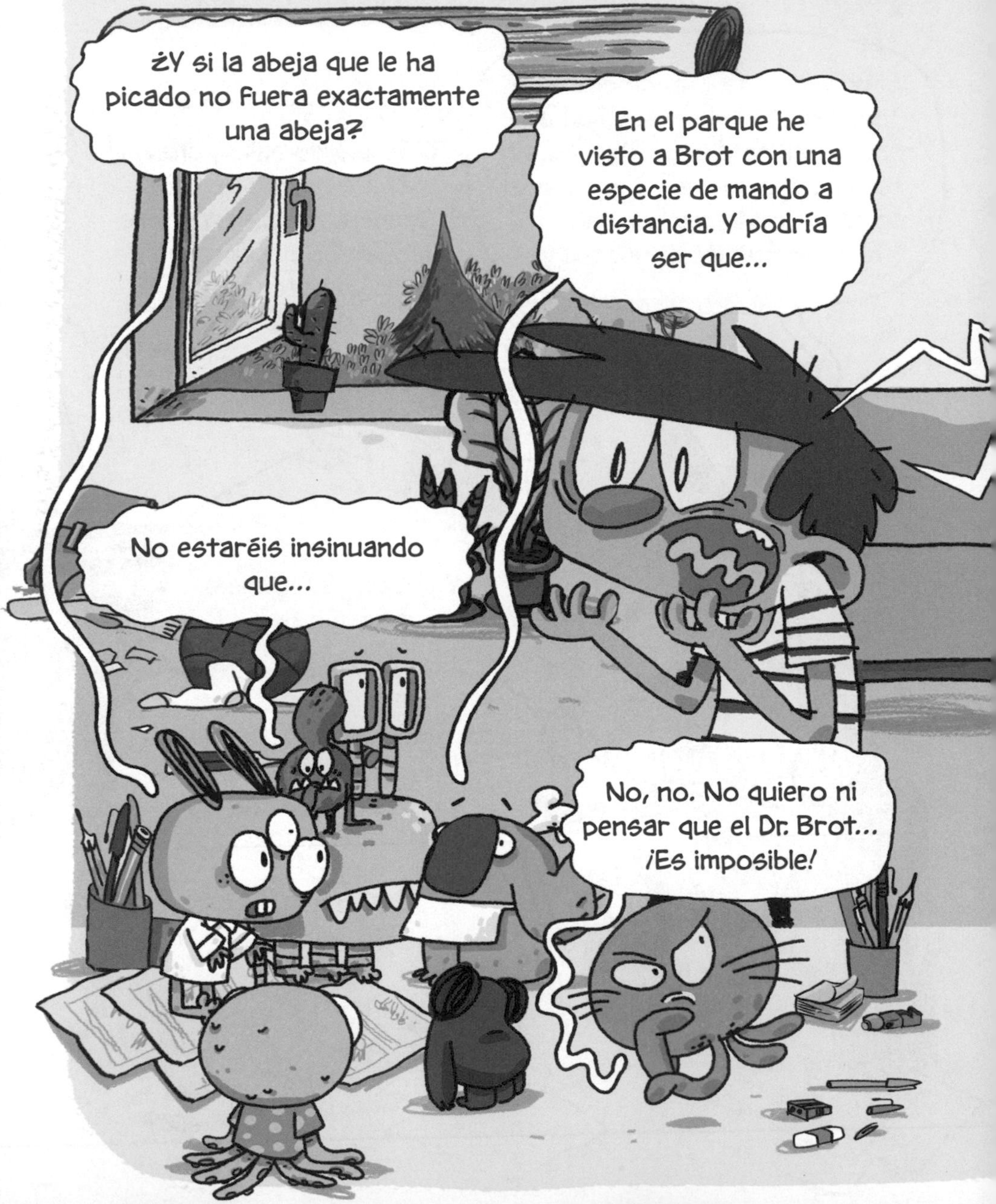

¿Y si la abeja que le ha picado no fuera exactamente una abeja?
En el parque he visto a Brot con una especie de mando a distancia. Y podría ser que...
No estaréis insinuando que...
No, no. No quiero ni pensar que el Dr. Brot... ¡Es imposible!

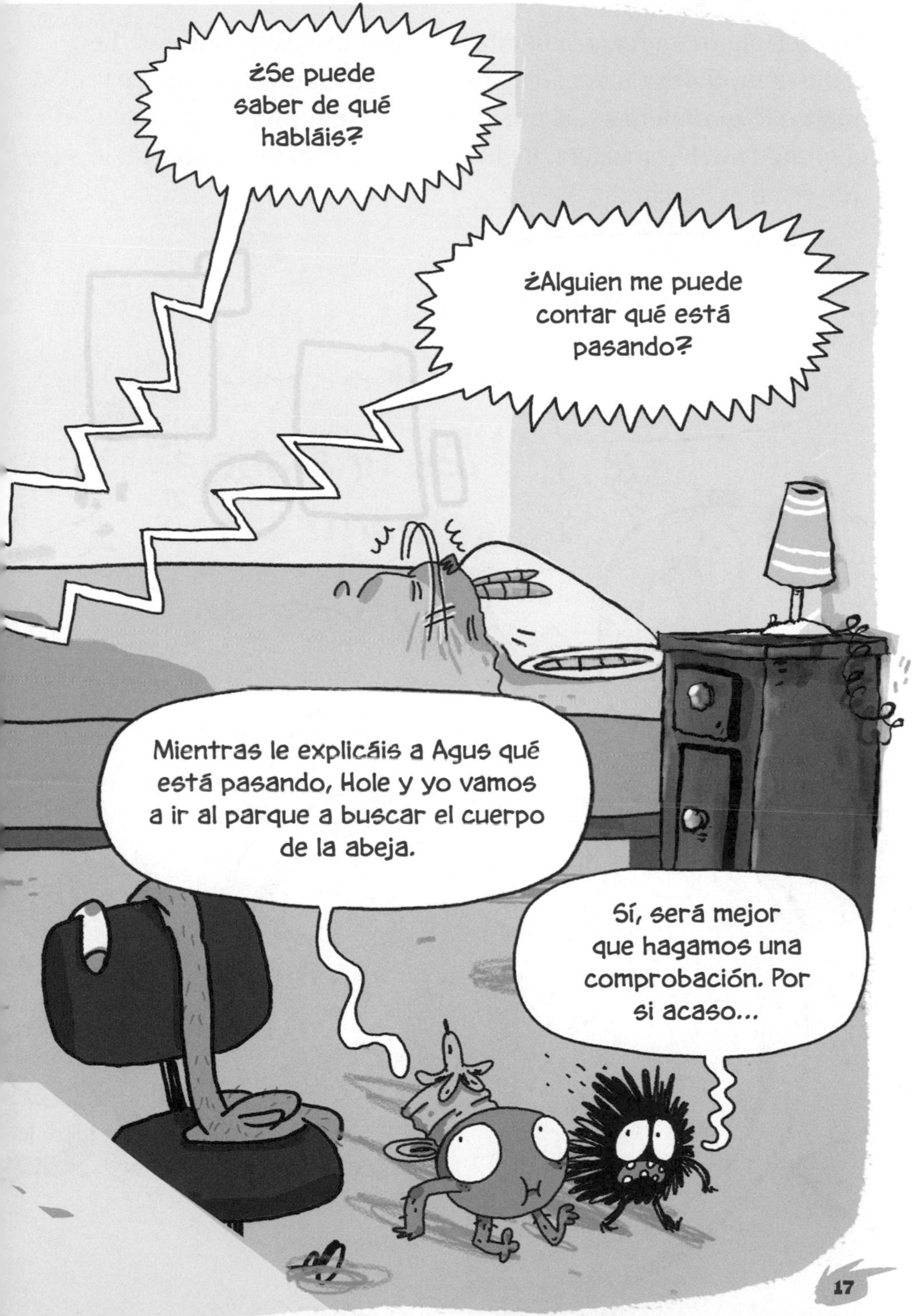
¿Se puede saber de qué habláis?
¿Alguien me puede contar qué está pasando?
Mientras le explicáis a Agus qué está pasando, Hole y yo vamos a ir al parque a buscar el cuerpo de la abeja.
Sí, será mejor que hagamos una comprobación. Por si acaso...

Brex y Hole volvieron a la habitación tan enseguida que a nadie le dio tiempo a explicar nada. Se presentaron con el cuerpo de la abeja o lo que fuera aquel bicho, y lo que dijeron hizo que todo el mundo se estremeciera. Incluso yo, que no tenía ni idea de lo que estaban hablando.

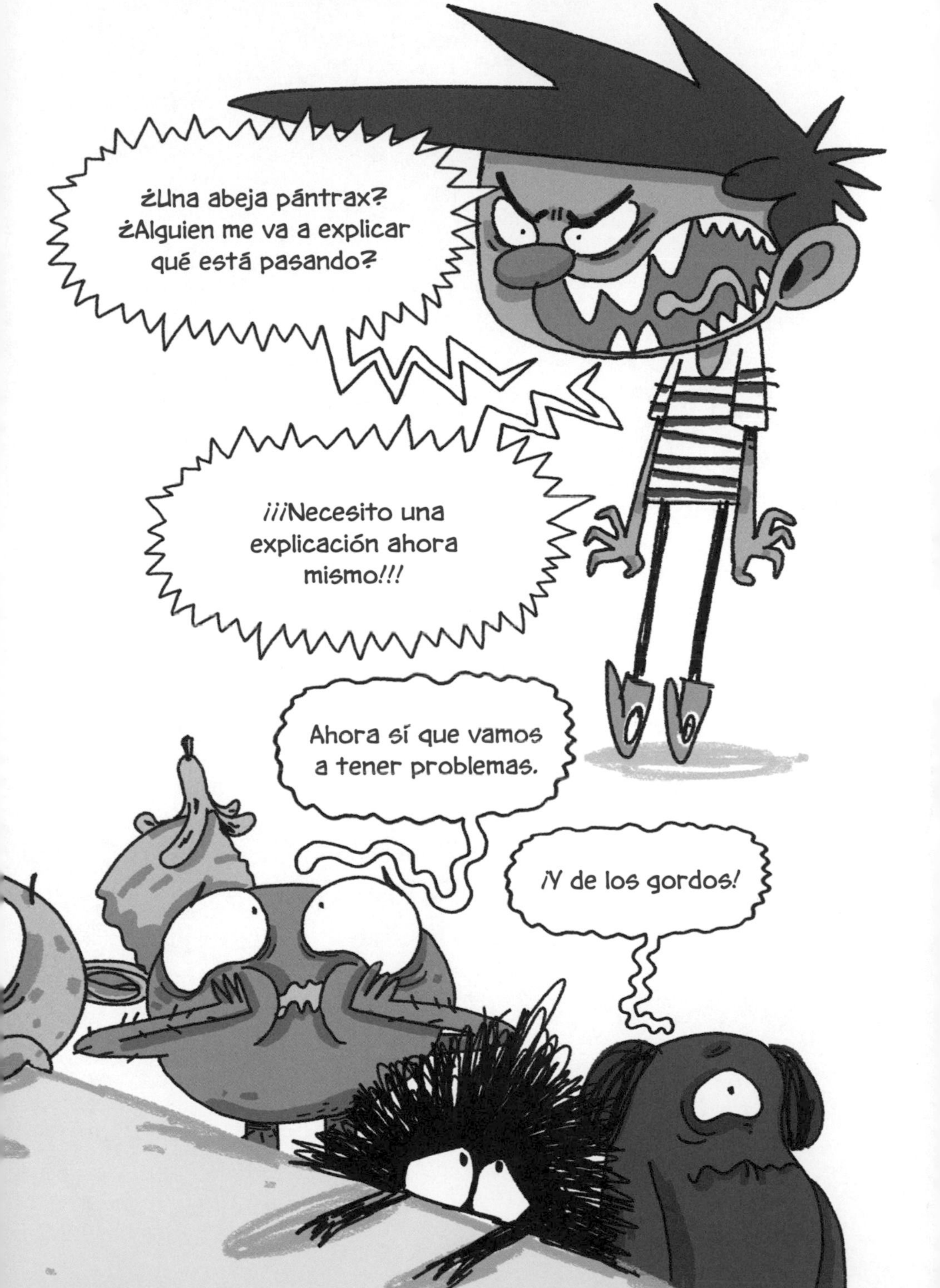
¿Una abeja pántrax? ¿Alguien me va a explicar qué está pasando?
¡¡¡Necesito una explicación ahora mismo!!!
Ahora sí que vamos a tener problemas.
¡Y de los gordos!

2

LA ABEJA PÁNTRAX
Y EL MAGO PAN

Al final los monstruos se decidieron y empezaron a contarme una historia muy extraña. No entendía qué relación podía tener lo que me contaban con lo que estaba sucediendo, pero…

LA CRUEL HISTORIA DEL MAGO PAN Y LAS ABEJAS PÁNTRAX

En el *Libro de los monstruos* cada año se celebraba «La gran fiesta de los monstruos», con espectáculos y diversión para todo el mundo.

La última vez que disfrutamos de «La gran fiesta de los monstruos», justo antes de que el Dr. Brot nos expulsara del libro, el plato fuerte iba a ser la actuación del Mago Pan, primo hermano, según todo el mundo, de Peter Pan.

El Mago Pan empezó su actuación haciendo los típicos trucos de los magos, como meter a señoras enormes dentro de cajas diminutas y sacarse animales del sombrero.

Y, de repente, el Mago anunció que, gracias al polvo de hada extinta, volaría por encima del público. ¡Qué gran momento! ¡Todo el mundo estaba expectante!

De repente, el Mago Pan saltó majestuosamente desde lo alto de la escalera… Pero no. No voló. Cayó a peso y se pegó un supermegatortazo contra el suelo.

El público rompió a reír. Y los medios de comunicación y las redes sociales divulgaron tanto la noticia que el pobre Mago se convirtió en el hazmerreír de todo el mundo.

Enfadado y medio enloquecido por las burlas y la humillación, el Mago se encerró en casa y construyó un montón de robots de abejas cargados de un veneno terrible, el pántrax.

Cuando las abejas pántrax picaran a los que se habían burlado del Mago, el veneno los convertiría en unos zoquetes sin opinión, unos seres manipulables y extraños, una especie de esclavos sin voluntad propia.

Pese a todo, cuando se le pasó el enfado, el Mago Pan recapacitó y se dio cuenta de que se estaba pasando cuatro pueblos. Entonces destruyó las abejas que había creado.

Pero la mala suerte hizo que el Mago se pinchara en un dedo con el aguijón de una de las abejas medio rotas. Y ese fue el principio de su tragedia.

El Mago Pan sabía que, tras una primera fase de mal humor extremo, se convertiría en un auténtico desastre, y no quería que nadie lo viera en aquel estado. Por eso escribió una nota de despedida y después abandonó el *Libro de los monstruos*.

¡Me voy para siempre!
No me busquéis. Iré de libro en libro hasta que vuelva a ser quien era.
Y entonces ya decidiré qué hago.

Mago Pan

PD: No hagáis como yo. Pensad que cometer locuras puede acarrear consecuencias graves.

En este punto de la historia ya no fue necesario que me explicaran nada más. Había entendido perfectamente qué estaba pasando y tuve un choque nervioso.

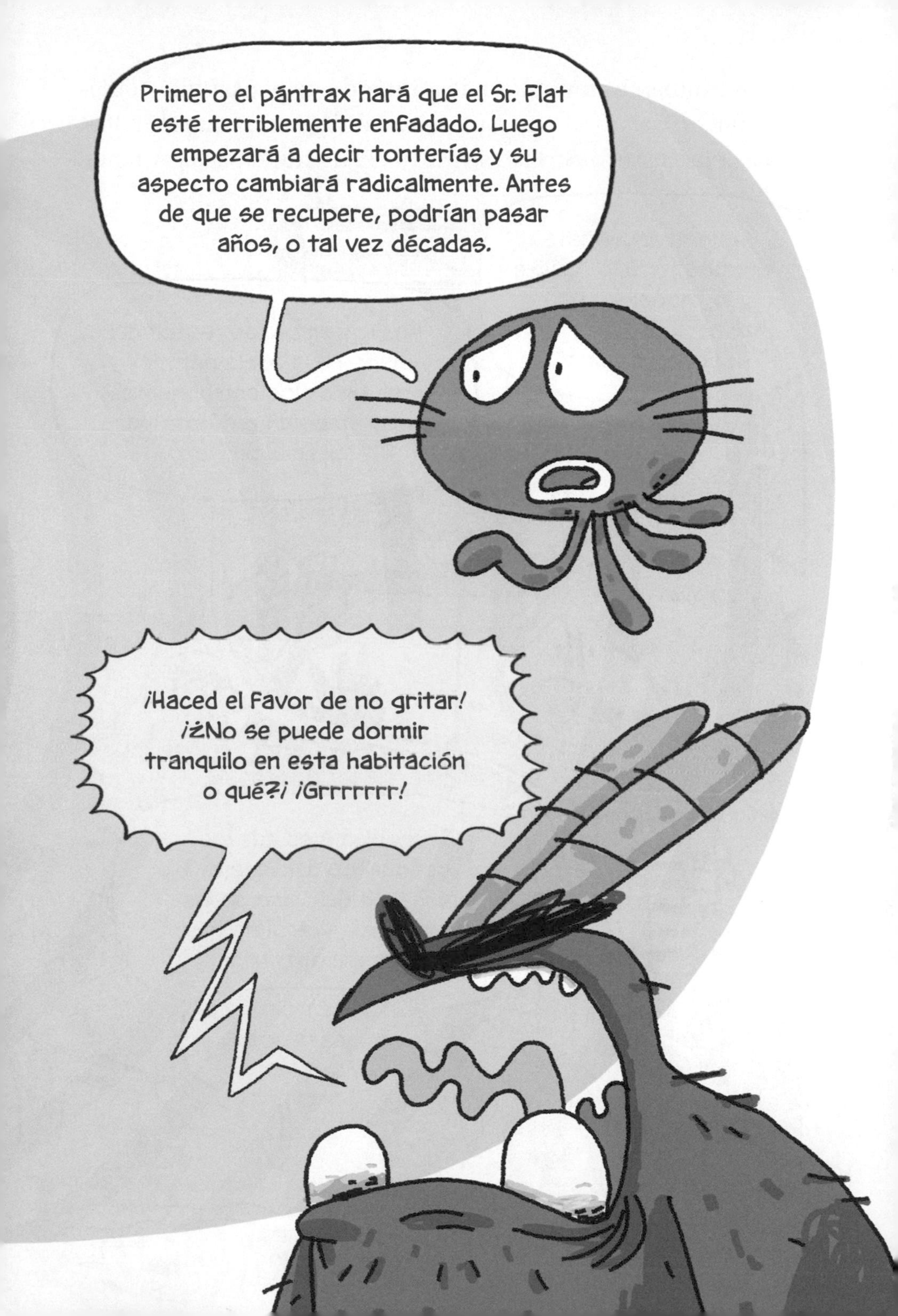
Primero el pántrax hará que el Sr. Flat esté terriblemente enfadado. Luego empezará a decir tonterías y su aspecto cambiará radicalmente. Antes de que se recupere, podrían pasar años, o tal vez décadas.
¡Haced el favor de no gritar! ¡¿No se puede dormir tranquilo en esta habitación o qué?! ¡Grrrrrrr!

Todos estábamos muy alterados tratando de pensar qué podíamos hacer. Y a mí, como no podía dejar de pensar que el Sr. Flat iba a dejar de ser el Sr. Flat, se me hacía un nudo en la garganta.

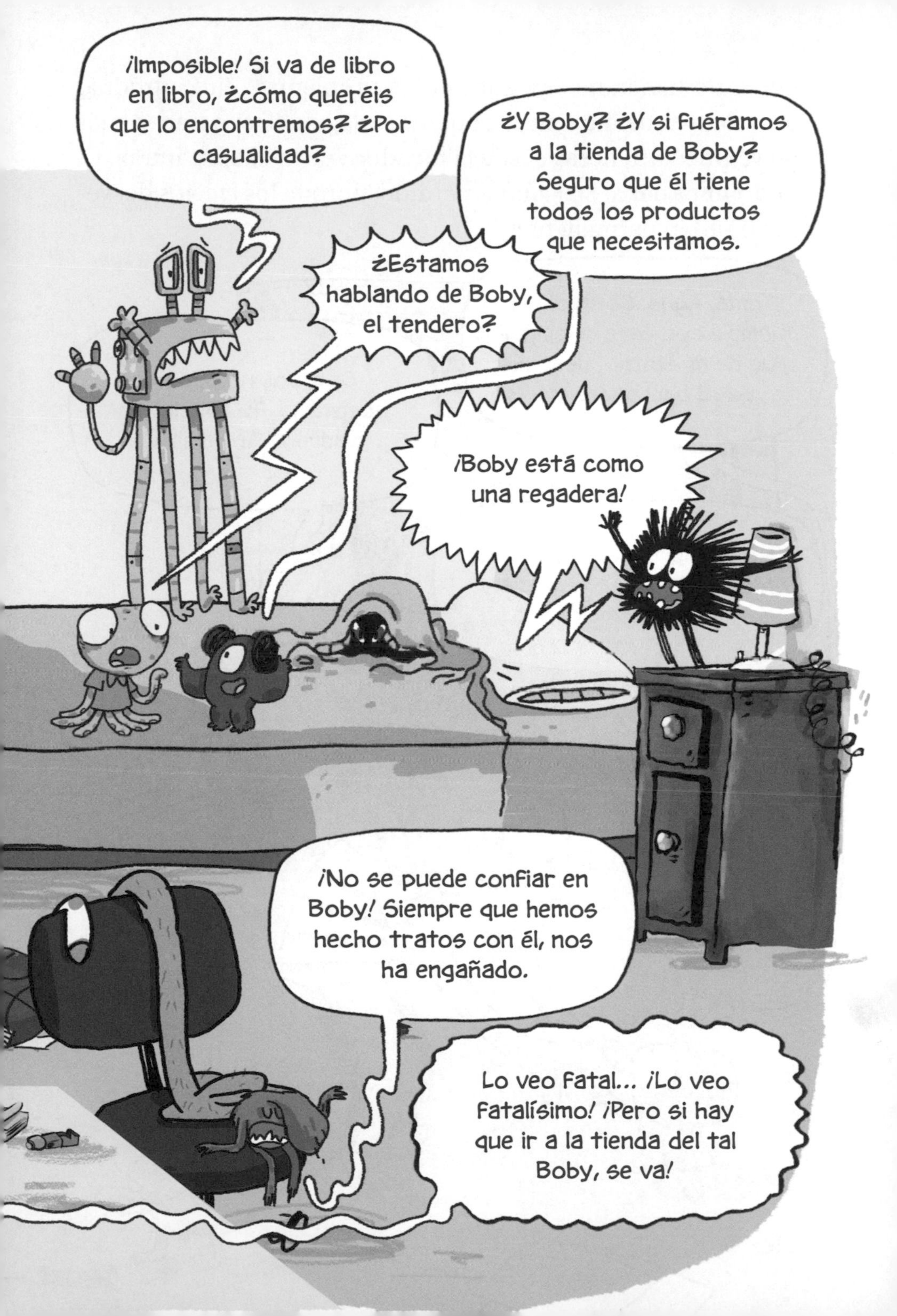
¡Imposible! Si va de libro en libro, ¿cómo queréis que lo encontremos? ¿Por casualidad?
¿Y Boby? ¿Y si fuéramos a la tienda de Boby? Seguro que él tiene todos los productos que necesitamos.
¿Estamos hablando de Boby, el tendero?
¡Boby está como una regadera!
¡No se puede confiar en Boby! Siempre que hemos hecho tratos con él, nos ha engañado.
Lo veo fatal... ¡Lo veo fatalísimo! ¡Pero si hay que ir a la tienda del tal Boby, se va!

Por si no tuviéramos ya suficientes problemas, Ziro introdujo otro motivo de inquietud: el tiempo. Según él, si pasaban más de veinticuatro horas desde la picadura de la abeja pántrax, ya podríamos dar al Sr. Flat por perdido, porque los efectos del veneno serían permanentes.

Toma, Agus. Controla el tiempo con este reloj, que fue de mi abuelo, después pasó a mi padre y...

Octosol, no puedo aceptarlo. Tu abuelo, tu padre... ¡Tu familia!

¡No, hombre, no! ¡Es broma! Me tocó en una tómbola y nunca ha funcionado.

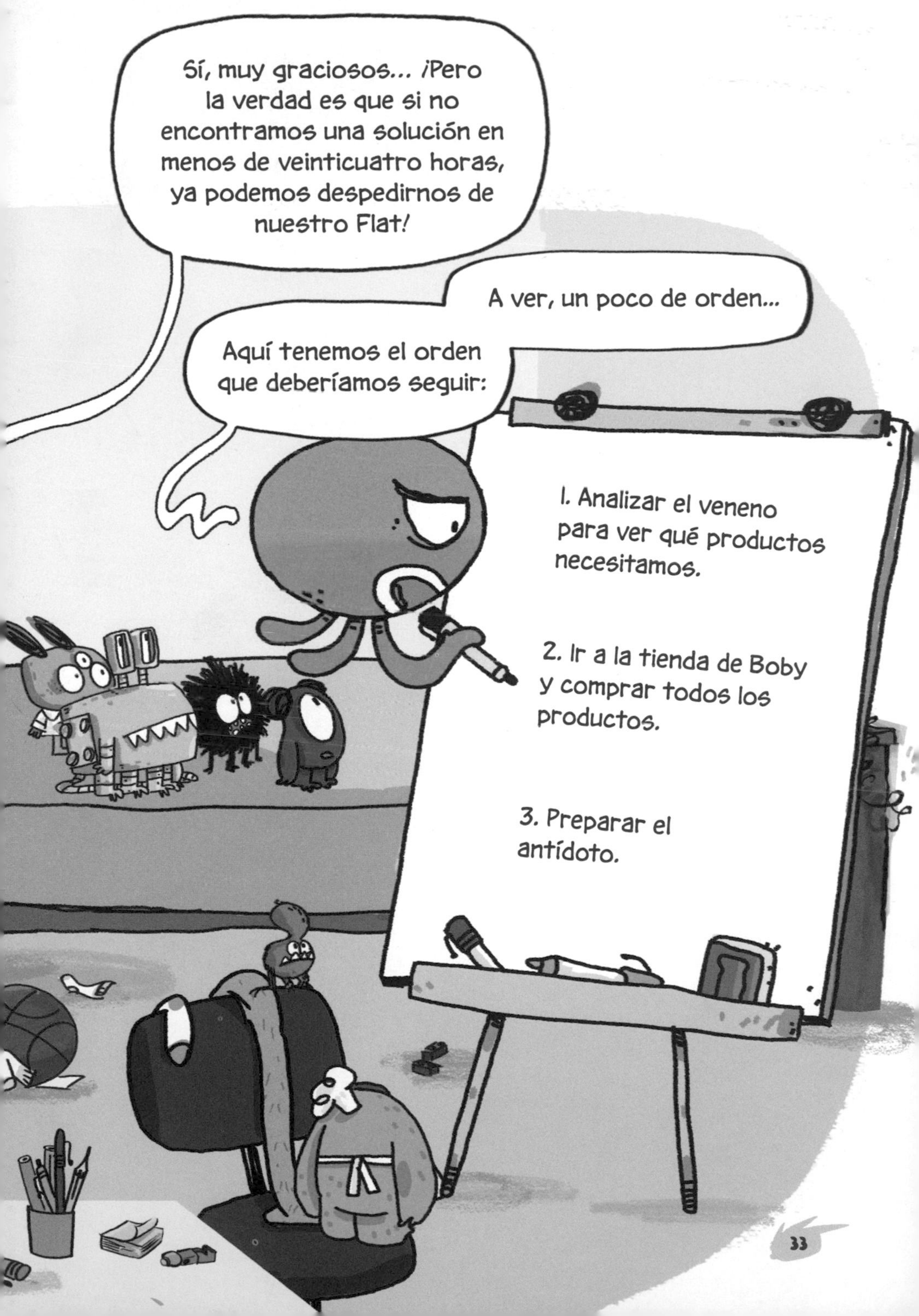
Sí, muy graciosos... ¡Pero la verdad es que si no encontramos una solución en menos de veinticuatro horas, ya podemos despedirnos de nuestro Flat!
A ver, un poco de orden...
Aquí tenemos el orden que deberíamos seguir:
1. Analizar el veneno para ver qué productos necesitamos.
2. Ir a la tienda de Boby y comprar todos los productos.
3. Preparar el antídoto.

3

TODOS EN MARCHA

Mientras Ziro y el Cheff Roll, con la ayuda de mi juego de quími-ca, analizaban los restos del veneno que contenía la abeja pán-trax, yo intentaba acabar de entender qué estaba pasando. Pero cada vez que pensaba que el Sr. Flat podía dejar de ser el Sr. Flat, se me hacía un nudo en la garganta.

Tenía la sensación de que se me escapaba algo importante. Y la verdad era que también tenía la sensación de que los monstruos no querían acabar de explicarme qué estaba pasando.

En realidad lo que sucedía era que los monstruos se avergonzaban de lo que había pasado. Ellos habían llevado al Dr. Brot a casa del Mago Pan y, sin querer, habían hecho posible que el Dr. Brot se llevara una de aquellas malditas abejas.

Cuando pasó lo del Mago Pan, nosotros hacía poco que conocíamos a Brot...

Como fingía ser un tipo amable, simpático y generoso, lo llevábamos con nosotros a todas partes.

Cuando el Mago Pan se dio el tortazo, fuimos a verlo a su casa para animarlo un poco y llevamos también a Brot.

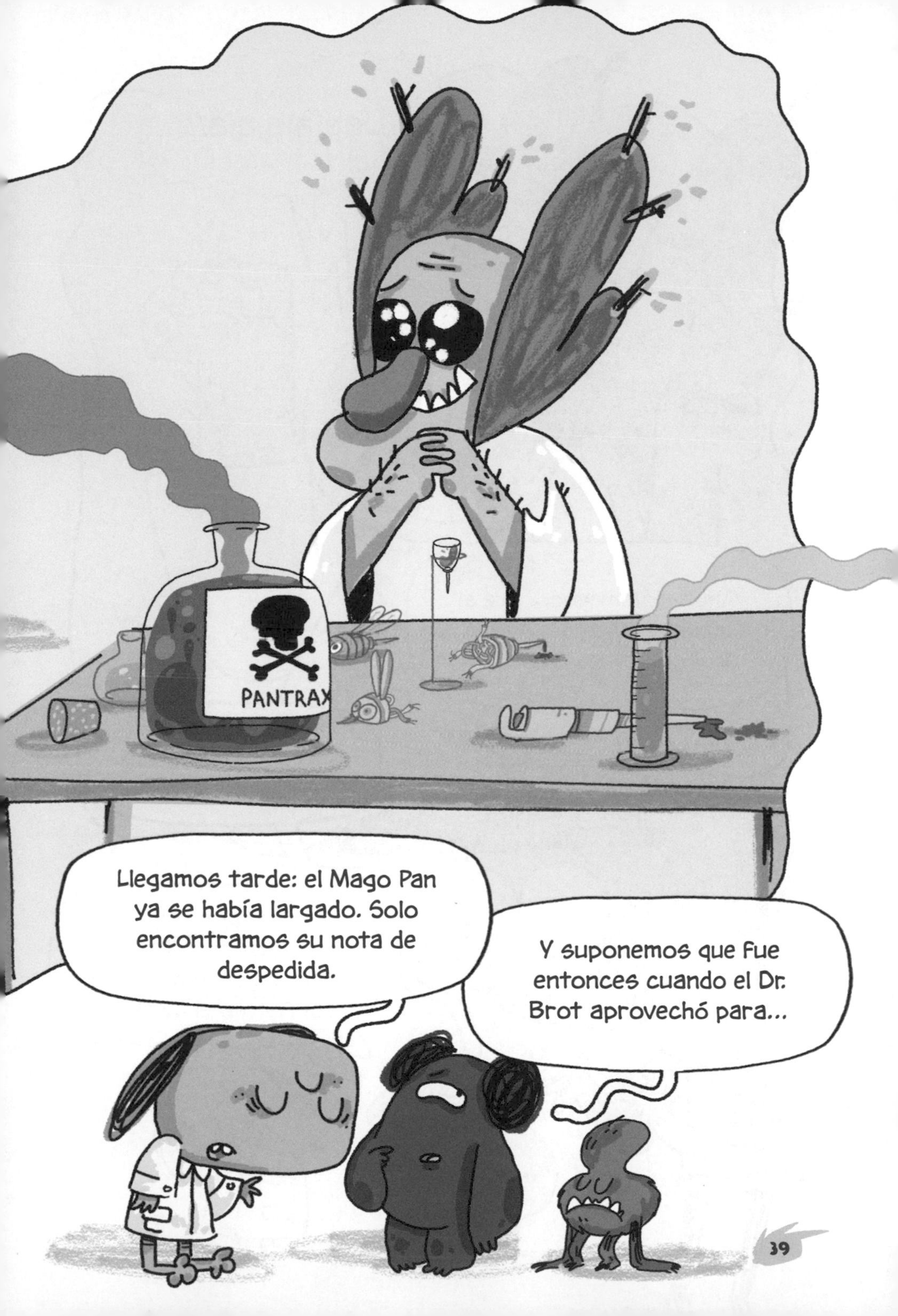
PANTRAX
Llegamos tarde: el Mago Pan ya se había largado. Solo encontramos su nota de despedida.
Y suponemos que fue entonces cuando el Dr. Brot aprovechó para...

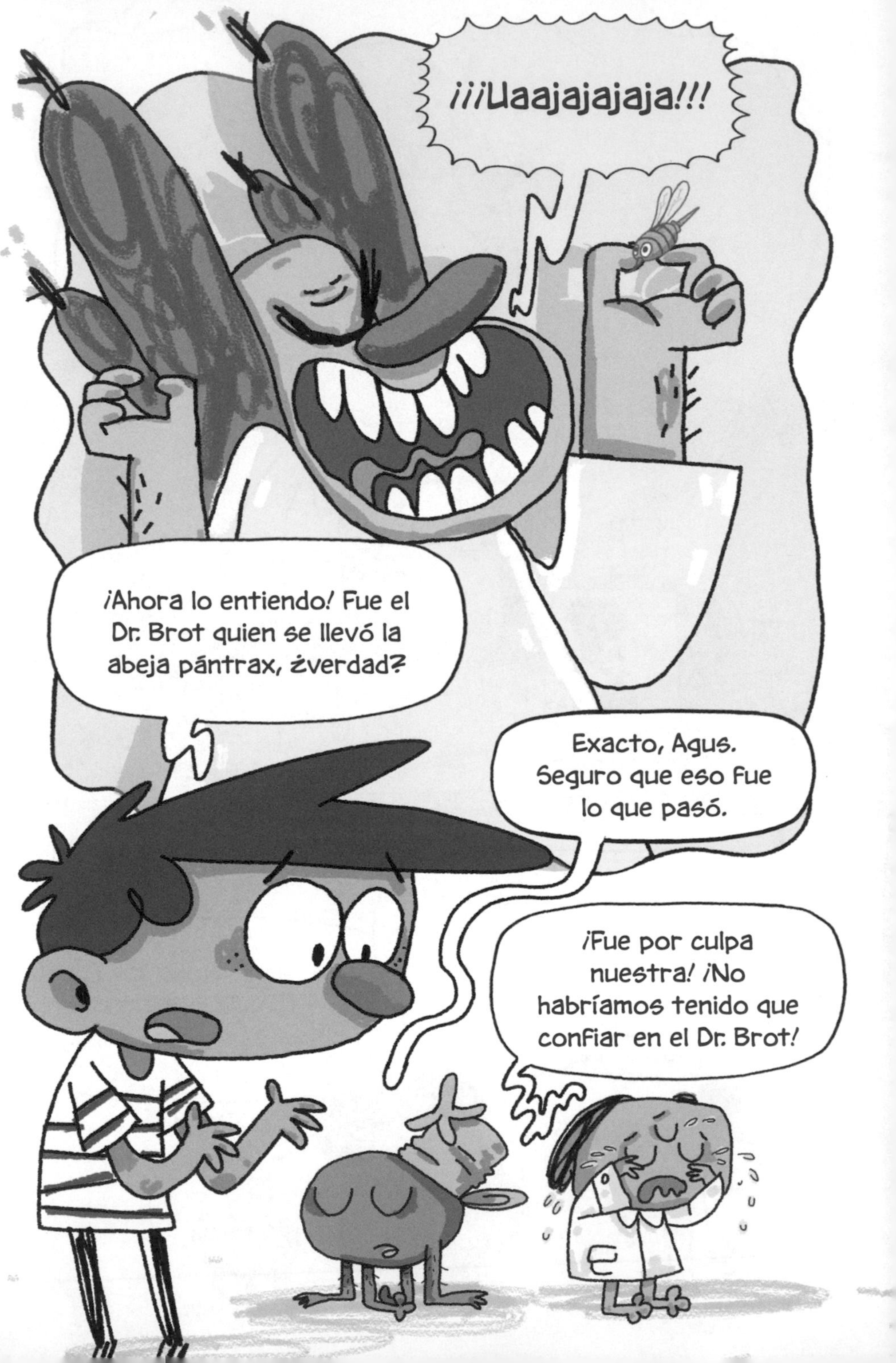
¡¡¡Uaajajajaja!!!
¡Ahora lo entiendo! Fue el Dr. Brot quien se llevó la abeja pántrax, ¿verdad?
Exacto, Agus. Seguro que eso fue lo que pasó.
¡Fue por culpa nuestra! ¡No habríamos tenido que confiar en el Dr. Brot!

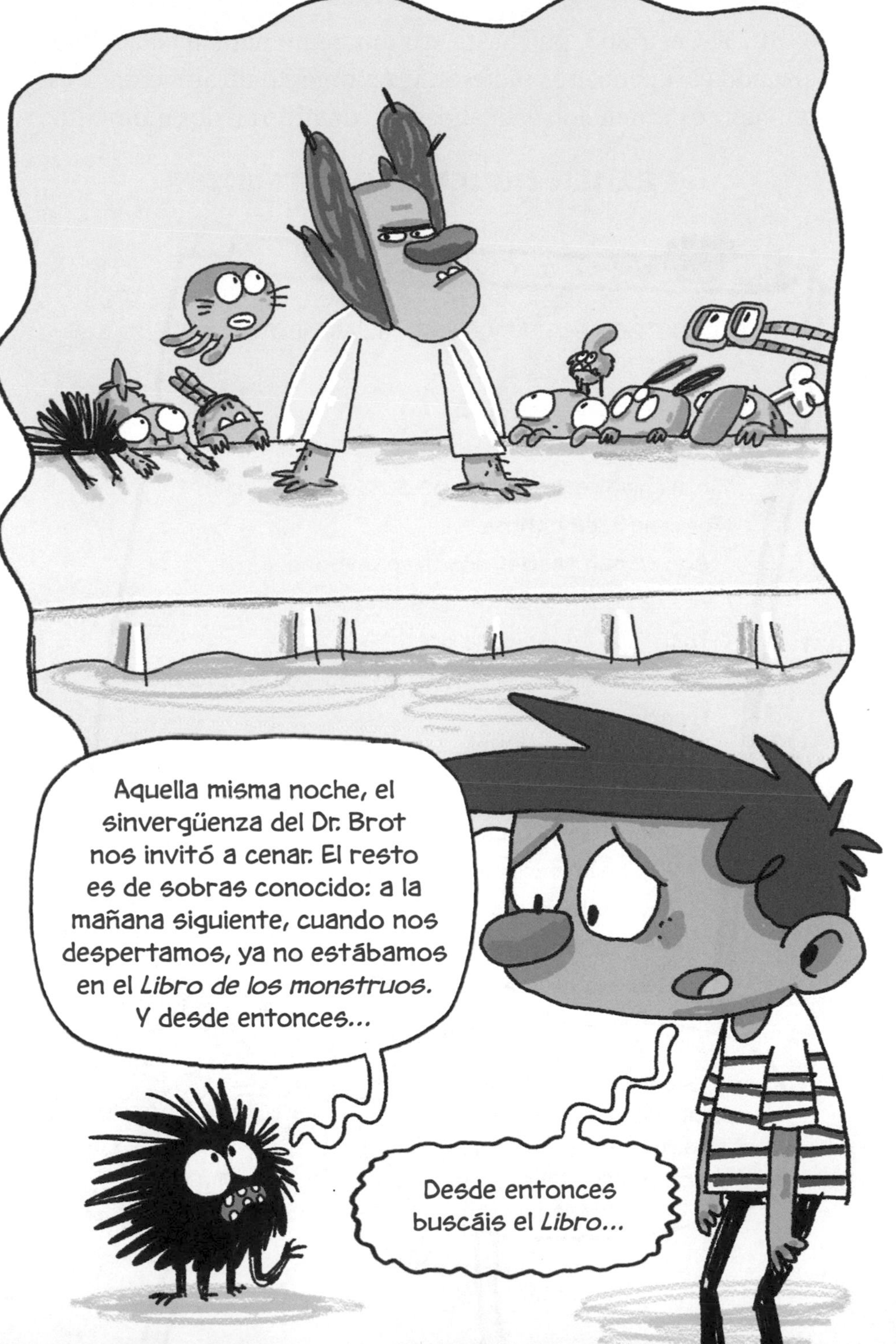
Aquella misma noche, el sinvergüenza del Dr. Brot nos invitó a cenar. El resto es de sobras conocido: a la mañana siguiente, cuando nos despertamos, ya no estábamos en el *Libro de los monstruos*. Y desde entonces...
Desde entonces buscáis el *Libro*...

Ziro y el Cheff Roll, que hasta ese momento habían estado analizando el veneno, nos pidieron un momento de atención. Y ese momento de atención en realidad se convirtió en dos momentos.

PRIMER MOMENTO DE ATENCIÓN

PRODUCTOS NECESARIOS PARA EL ANTÍDOTO

Tierra del asteroide B612
Pluma de ala de loro de pirata caribeño
Tinta china realmente china de la zona de Pekín
Polvo de hada extinta
Miga de pan seco olvidada en un bosque
Hilo de coser zapatos de duende
Poción de druida de la Bretaña
Dilema de filósofo escrito en papel de envolver regalos
Rayo de espada láser
Pelo de chica encerrada en una torre
Colonia de elfo para los días de fiesta
Pelo de mandril adolescente
Porquería de uña de bruja del norte
Pelo de nariz de trol de Virginia
Huevos de dragón de San Jorge

Aquí tenemos aislados todos los componentes del veneno. Los necesitamos todos para poder elaborar el antídoto.

SEGUNDO MOMENTO DE ATENCIÓN

Como ir al *Libro de los monstruos* no es posible, tenemos que ir a la tienda de Boby para conseguir los productos. Por lo tanto...

Necesitamos una versión de Caperucita Roja. Tú debes de tener una, Agus.

Esto... Tenía el cuento, pero lo llevé a la escuela una vez que nos pidieron libros para los más pequeños.

¿Y Lidia Lines? Seguro que ella tiene algún cuento de Caperucita. ¡Llámale!

Pero ¿se puede saber qué tiene que ver Caperucita Roja con la tienda de Boby?

Resulta que cuando Boby fue expulsado del *Libro de los monstruos* por ladrón, instaló su tienda en el cuento de Caperucita, justo en el bosque.

Llamé a Lidia y, visto y no visto, se presentó en casa con varias versiones de Caperucita. Lo ideal habría sido que tras entregarnos los cuentos se hubiera ido, pero mis padres, en un ataque de buena educación, la invitaron a comer. Y ella aceptó.

Cualquier otro día habría estado encantado de que Lidia se quedara a comer, pero precisamente ese era el día menos indicado. Teníamos un montón de trabajo y muy poco tiempo para llevarlo a cabo. Y entonces hice lo único que podía hacer.

Le conté a Lidia la historia de los monstruos desde el principio, sin ahorrarme ninguna de las aventuras que ella y yo habíamos vivido con ellos, y también le expliqué los problemas que nos habían ocasionado el Dr. Brot y Nap.

Curiosamente, Lidia no se sorprendió demasiado. Le pareció todo muy normal. Y, para acabar, le expliqué el problema que teníamos en aquel momento con el Sr. Flat, la abeja pántrax, el análisis y todo lo demás.

4

ENTRAR EN UN LIBRO

Hole y Brex estuvieron mirando los cuentos de Caperucita que Lidia nos había traído, hasta que encontraron una página que les pareció lo bastante buena. Y justo en ese momento, Lidia nos hizo notar que no podíamos desaparecer de casa por las buenas.

¡Esta página nos va a ir de primera!

Sí, está en el bosque, pero me preocupa porque pasaremos demasiado cerca de la casa de Caperucita. Y ya sabes cómo es su madre...

¡Un momento! Si nos vamos ahora, los padres de Agus nos echarán en falta.

Pero tampoco podemos quedarnos aquí. ¡Menudo dilema!

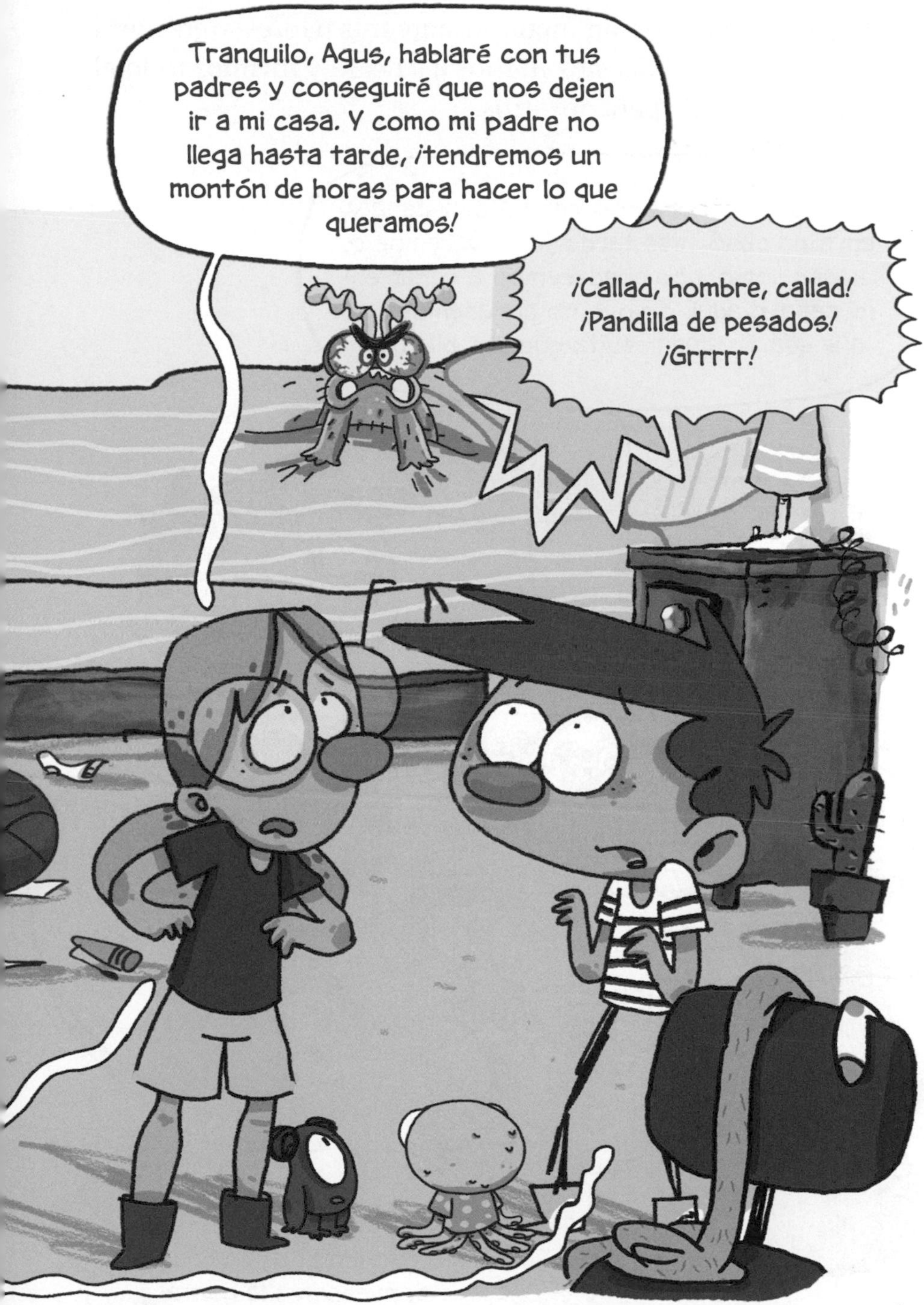
Tranquilo, Agus, hablaré con tus padres y conseguiré que nos dejen ir a mi casa. Y como mi padre no llega hasta tarde, ¡tendremos un montón de horas para hacer lo que queramos!
¡Callad, hombre, callad! ¡Pandilla de pesados! ¡Grrrrr!

Lidia hizo una actuación increíble ante mis padres, y gracias a eso, después de comer nos fuimos a su casa y tuvimos todo el tiempo del mundo para nosotros.

Dejamos al Sr. Flat con el Cheff Roll y la Dra. Veter en mi habitación. Y los demás nos fuimos a casa de Lidia. Hole y Brex abrieron los libros de Caperucita, los dejaron en el suelo y nos hicieron subir a una silla que habían puesto encima de una mesa.

Lidia y yo teníamos muchas dudas y preguntas, pero nos mantuvimos en silencio porque no queríamos perder ni un segundo más. Contamos hasta tres y saltamos al vacío.

Pensé que nos íbamos a pegar un batacazo impresionante, pero, por increíble que parezca, de repente estábamos al lado de una casa, en pleno bosque. Y mientras yo me apresuraba a esconder a los monstruos en mi mochila, alguien nos empezó a llamar a gritos.

Resultó que aquella señora era nada más y nada menos que la madre de Caperucita. Insistió tanto en que merendáramos en su casa que fue imposible decirle que no. No era el tipo de persona que acepta fácilmente una negativa.

El tiempo se nos echaba encima, pero Brex no pudo evitarlo. Salió de la mochila y tuvo una conversación bastante curiosa con la madre de Caperucita.

Como la conversación entre Brex y la madre de Caperucita se fue liando, al final tuvimos que salir corriendo. Realmente aquella mujer estaba muy trastornada. Y su hija… Bueno, su hija tenía un carácter imposible.

¡Desgraciados!

Si tuviéramos una escopeta de repetición… ¡Ya no quedaría ni uno vivo!

¡Tú calla, y quítate la capucha que estás empezando a sudar!

¡Yo la capucha no me la quito!

¡Corred!

¡Todos al bosque!

Ya en el bosque, los árboles y los arbustos nos protegieron de Caperucita y de su madre, y pudimos dejar de huir. Gracias a eso, Emmo encontró lo que habíamos ido a buscar: la tienda de Boby. Aunque más que una tienda, era una camioneta.

Teníamos prisa, pero Ziro quiso que Lidia y yo supiéramos lo que íbamos a encontrar en la tienda de Boby. Y lo que nos explicó nos inquietó bastante.

Vosotros sabéis que a veces los calcetines desaparecen, ¿verdad?

Sí...

Y sabéis que a veces lleváis un bolígrafo en el estuche y cuando lo buscáis ya no está.

Sí...

Y supongo que a veces cuando coméis frutos secos, de repente, en la bolsa hay menos frutos secos de los que debería haber.

Sí...

Pues todas esas cosas, y muchas otras que desaparecen, las tiene Boby en su tienda.

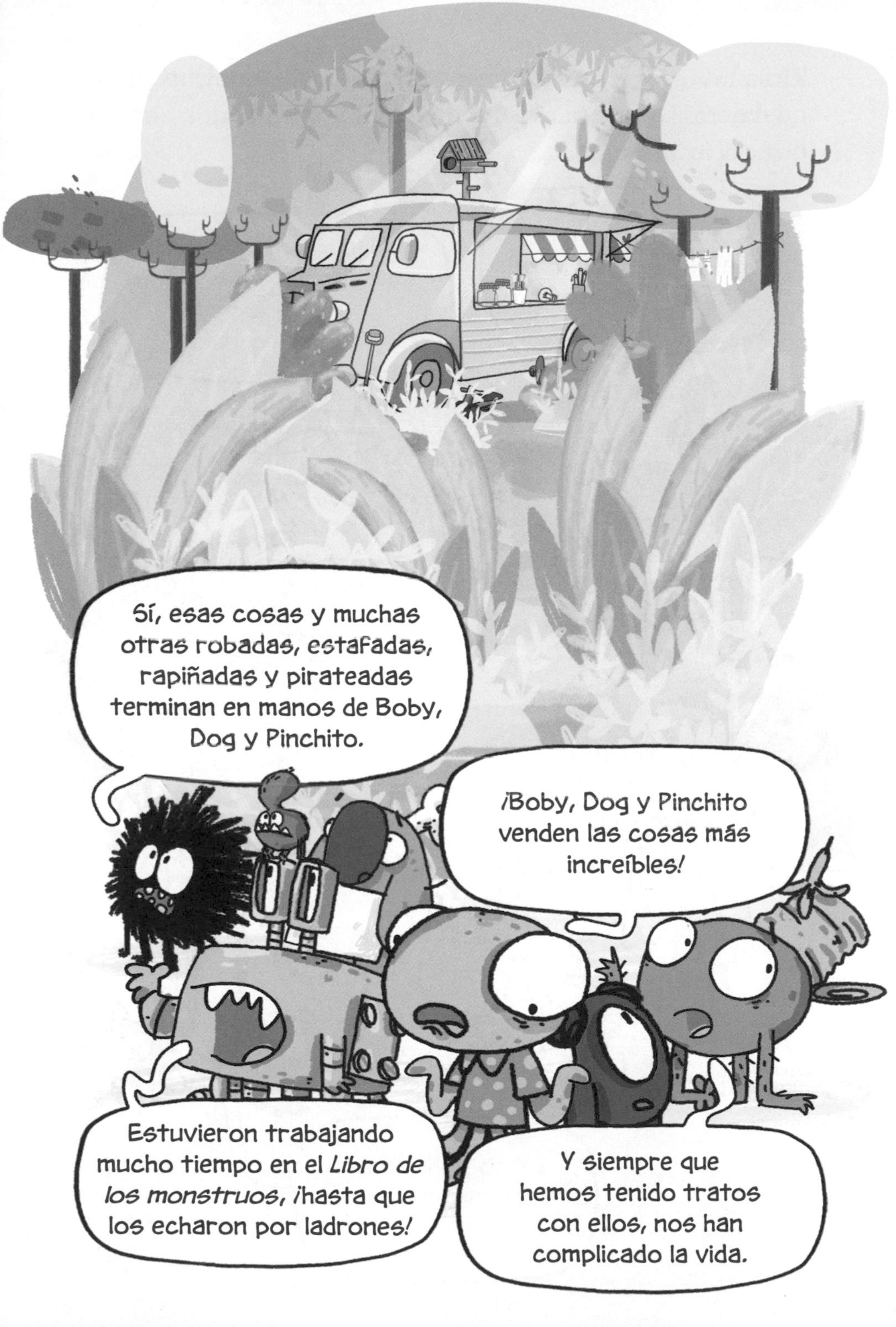
Sí, esas cosas y muchas otras robadas, estafadas, rapiñadas y pirateadas terminan en manos de Boby, Dog y Pinchito.
¡Boby, Dog y Pinchito venden las cosas más increíbles!
Estuvieron trabajando mucho tiempo en el *Libro de los monstruos*, ¡hasta que los echaron por ladrones!
Y siempre que hemos tenido tratos con ellos, nos han complicado la vida.

Ziro y los otros monstruos nos explicaron que Boby no cobraba en dinero. Lo que hacía era intercambiar productos por cosas que a él le interesaban.

5

BOBY, DOG Y PINCHITO, TRES MONSTRUOS MUY EXTRAÑOS

Cuando estuvimos ante Boby, Lidia y yo descubrimos que Dog, como su nombre indicaba, era eso, el perro de Boby. Y Pinchito más bien parecía uno de esos loros que los piratas llevan al hombro. En cualquier caso, ninguno de los tres parecía de fiar. ¿O acaso debería hablar de los cuatro? Fuera como fuese, aunque yo estaba acostumbrado a vivir entre monstruos, aquellos tipos me parecían rarísimos.

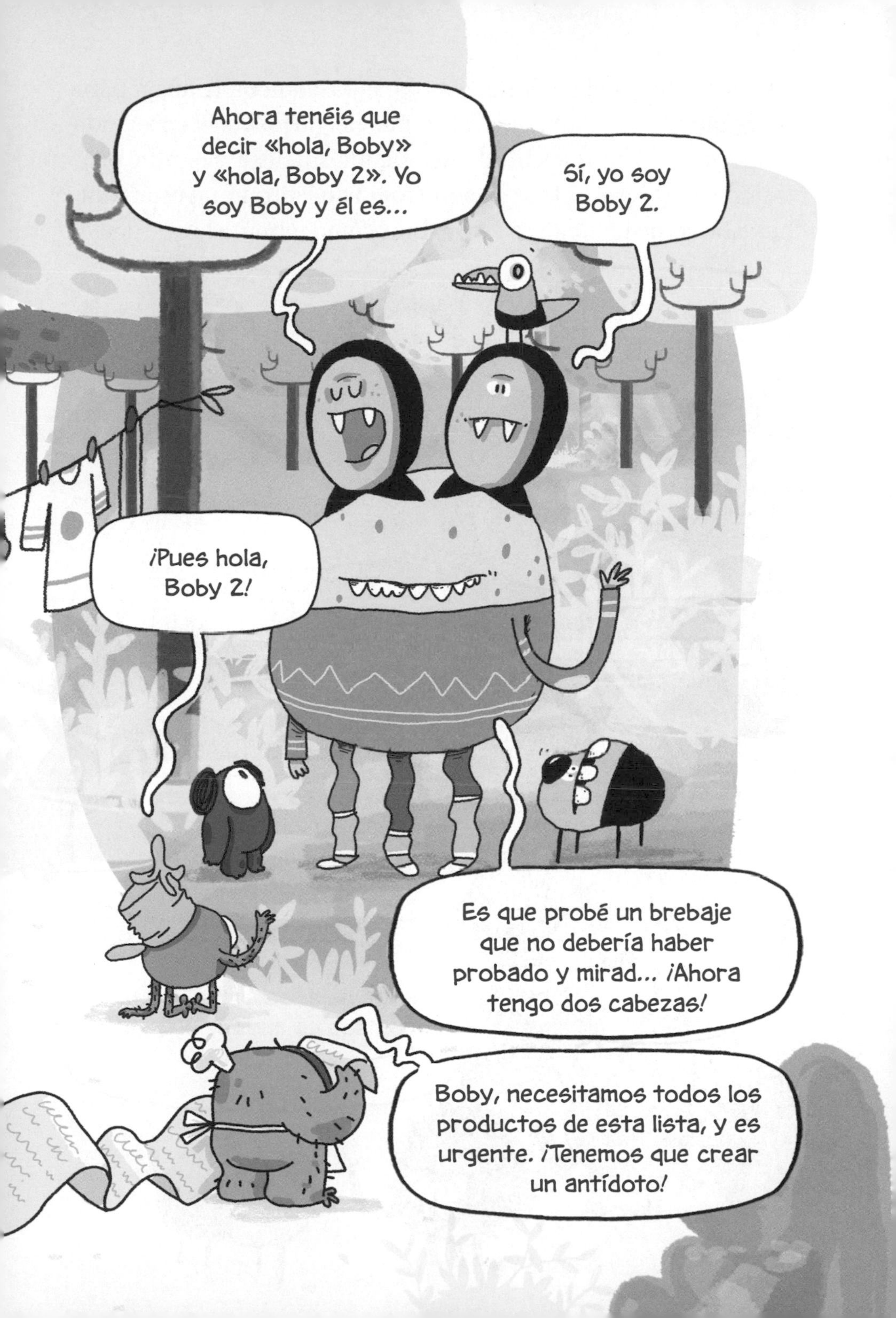
Ahora tenéis que decir «hola, Boby» y «hola, Boby 2». Yo soy Boby y él es...
Sí, yo soy Boby 2.
¡Pues hola, Boby 2!
Es que probé un brebaje que no debería haber probado y mirad... ¡Ahora tengo dos cabezas!
Boby, necesitamos todos los productos de esta lista, y es urgente. ¡Tenemos que crear un antídoto!

Le contamos a Boby lo que nos había pasado con la abeja pántrax y también que teníamos al Sr. Flat hecho polvo. Él enseguida empezó a servirnos los productos de nuestra lista. Era muy profesional y curioso, Boby, y aunque fuera un ladrón y un estafador, hablaba como un tendero y no sabías cómo tomarte lo que decía.

Cuando Boby oyó el nombre del Dr. Brot, se puso rojo de rabia hasta el punto de que, por un momento, creímos que corría el riesgo de explotar.

Argggh... ¡Ooooodio al Dr. Brot!

Vaya, ¿a ti tampoco te cae bien el Doctor?

Fue él quien nos acusó de ladrones, y por su culpa acabamos en el cuento de Caperucita. ¡Es humillante!

Boby, no te ofendas, pero es que realmente sois ladrones.

Sí, nosotros somos ladrones, pero el Dr. Brot es un delator, ¡lo cual es mucho peor!

Y así, hablando, Boby acabó de prepararnos todos los productos que le pedimos. Bien, todos salvo uno: el polvo de hada extinta. Y eso era un auténtico desastre, porque si fallaba uno de los productos, estaba claro que nuestro antídoto no iba a funcionar.

Aquí tenéis los productos. Solo nos falta el polvo de hada extinta.

Pero..., pero..., pero...

¡Lo necesitamos todo, Boby! Si no, no podremos crear el antídoto para el Sr. Flat.

Pues qué queréis que os diga. No me queda polvo de hada extinta. Y es curioso, porque el último saco que tenía se lo vendí al Mago Pan hace un montón de años...

¡Buscad al Mago! Quizás a él aún le quede un poco.

Imposible, el Mago Pan va de libro en libro... No lo encontraríamos ni por casualidad.

¿Cómo y dónde teníamos que buscar al Mago Pan? Podía estar en cualquier libro y quién sabe en qué triste estado podíamos encontrarlo. En cualquier caso, aparte del polvo de hada extinta, lo teníamos todo y había llegado el momento de pagar.

A pesar de nuestra palabra de monstruo, Boby no se fiaba y exigió que uno de nosotros se quedara con él hasta que le diéramos el libro de *Pippi*. Emmo se ofreció voluntario y los demás nos fuimos a casa. Cogimos uno de los cuentos de Caperucita, saltamos dentro, en la última página, y aparecimos en casa de Lidia.

Ziro y el Cheff Roll se dedicaron a preparar el antídoto y Lidia busco el libro de *Pippi Calzaslargas*. Y mientras esto sucedía, de repente oímos una voz en el exterior que nos resultó familiar. Desagradablemente familiar.

Evidentemente bajamos al parque. Y nos indignó un poco ver al Dr. Brot tan contento. Después de lo que había hecho, ahora pretendía que hiciéramos un trato.

¡Vengo en son de paz!

Os quiero proponer un trato beneficioso para todos.

¿Un trato beneficioso?

Sí, entregadme a Flat y yo os entregaré el *Libro de los monstruos*. ¡Y todos contentos! Total, Flat se va a quedar atolondrado como Nap...

¿Qué?

¿Hay trato o no?

¡Es un buen negocio!... Todos regresaréis al *Libro de los monstruos* y el Sr. Flat se quedará aquí, con nosotros. ¡Será divertido!

Los monstruos no me decepcionaron. No dudaron ni medio segundo: enviaron al Dr. Brot a freír espárragos.

Lidia y yo estábamos hechos polvo. Todo se estaba complicando demasiado. Y cuando volvimos a mi casa y vimos al Sr. Flat aún nos desesperamos más. ¡El pobre estaba hecho cisco!

Estuvimos un buen rato pensado qué hacíamos. Y lo cierto era que no dábamos con nada que pudiera mejorar la situación, pero, de repente, Lidia nos hizo una propuesta.

6

UNA NOCHE
MOVIDITA
(I)

Fuimos a la casita del parque, que era donde vivían el Doctor y Nap desde que habían llegado a Galerna. Y aunque la puerta estaba cerrada a cal y canto, gracias a Hole entramos sin ningún problema.

Es la primera vez que me siento... Me siento un poco ladrón.

¡Anda, calla y pasa! ¡Tenemos un buen motivo!

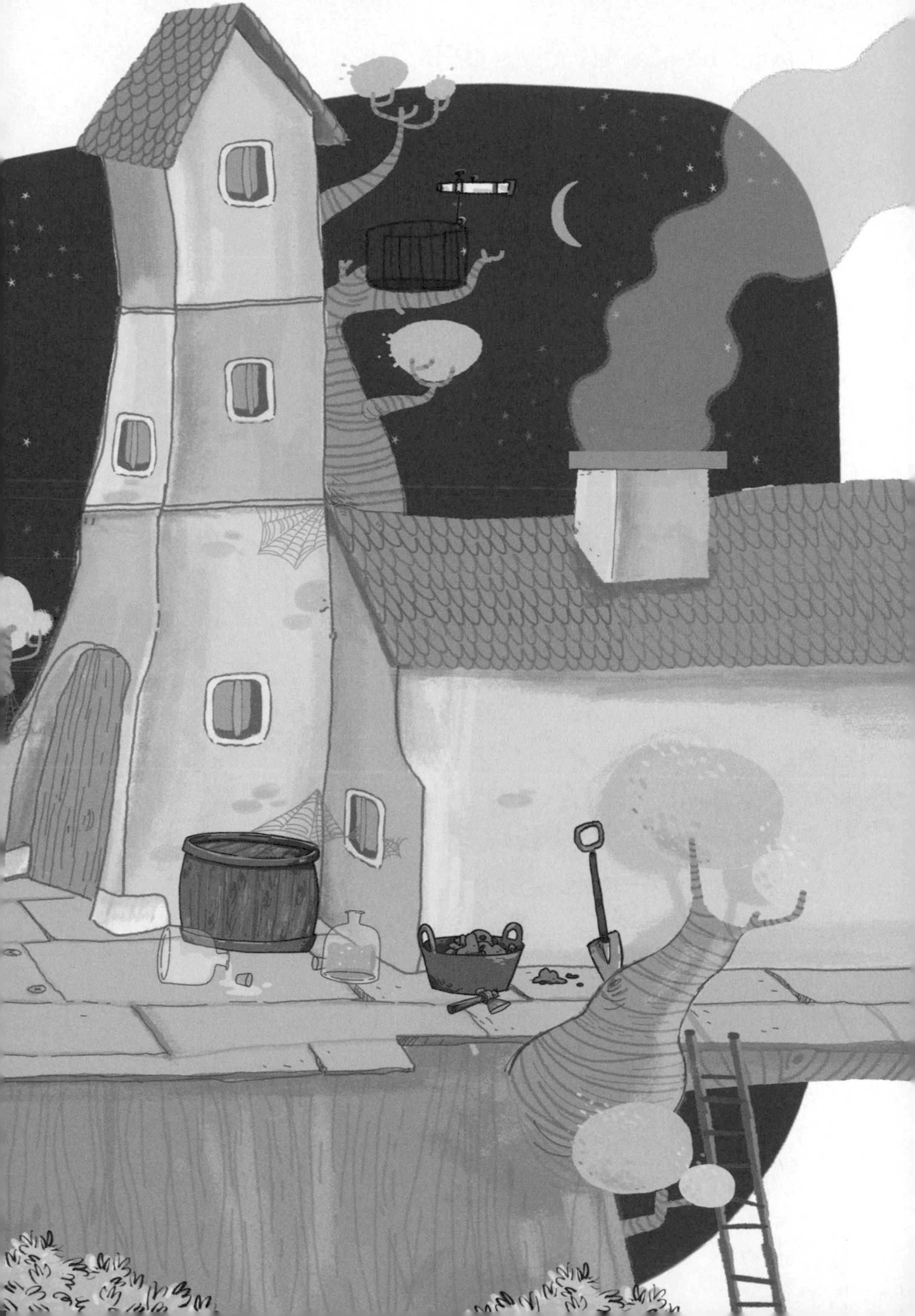

La verdad es que la casa del Dr. Brot daba bastante asco. Seguramente ni él ni Nap habían barrido nunca. Por no hablar de los quilos de polvo acumulados. La casa tenía dos habitaciones. En una encontramos un montón de maletas y todas llevaban escrito un nombre: Dr. Brot.

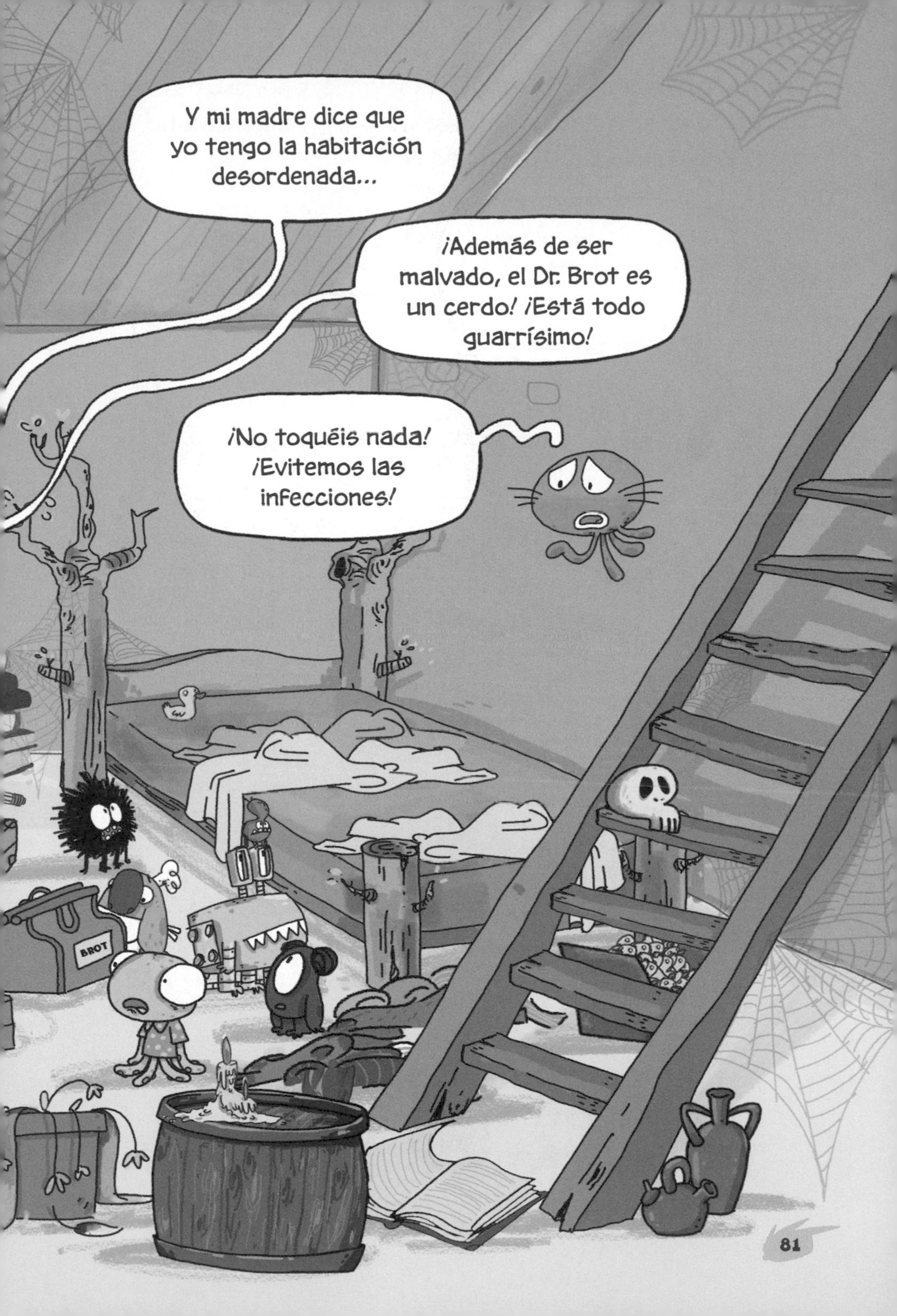
Y mi madre dice que yo tengo la habitación desordenada...
¡Además de ser malvado, el Dr. Brot es un cerdo! ¡Está todo guarrísimo!
¡No toquéis nada! ¡Evitemos las infecciones!
BROT

La otra habitación era mucho más sencilla, y por eso pensamos que era la de Nap. Pero hubo algo que nos resultó extraño. Solo había una maleta, pero no era de Nap.

Abrimos la maleta del Mago y dentro encontramos toda clase de productos como los que nosotros le habíamos comprado a Boby. Y también contenía cartas y pañuelos de mago, pero del polvo de hada extinta, ni rastro.

¡Aquí hay de todo, excepto polvo de hada extinta!

¡Ya es mala suerte!

Tal vez esto no tenga nada que ver con la suerte, Agus. Todo esto tiene que tener algún sentido. Ahora mismo no sabría decirte cuál, ¡pero seguro que tiene alguno!

El tiempo iba pasando y no conseguíamos sacar nada en claro. Por ese motivo, tras inspeccionarlo todo salimos de la casa del Dr. Brot abatidos y decepcionados.

¡Lo que faltaba! De repente la camioneta de Boby derrapó y frenó ante nosotros. Al parecer en su tienda Boby tenía de todo menos paciencia. Y, según nos explicó Emmo, no dejaba de hablar del *Libro de los monstruos* y, al final, como nuestro amigo se sabía el camino a casa, decidió volver a Galerna.

Que Boby se presentara en el parque, como mínimo sirvió para que pudiéramos recuperar a Emmo, pero que el tendero se presentara allí con Dog y Pinchito resultaba algo inquietante.

A Boby le ha dado la neura de venir. Tiene tanto interés en el *Libro de los monstruos* como nosotros. *¡No hablaba de otra cosa!*

Tranquilos, mañana a primera hora le bajaremos el libro de *Pippi* y que se vaya.

Al llegar a casa y ver el estado del Sr. Flat, tuvimos un impacto. Había empeorado visiblemente. Ya no estaba enfadado, pero soltaba unas estupideces increíblemente sorprendentes y absurdas.

Lo tenemos fatal. No para de decir sandeces. ¡Es un despropósito!

¡Y ha perdido color!

He pensado que podríamos dedicarnos a ver esos espacios televisivos cortitos en los que venden esas cosas tan necesarias.

¿Espacios televisivos cortitos? ¿Te refieres a los anuncios, Flat?

Sí, eso: ¡los anuncios! ¡¡¡Me gustan los anuncios!!!

¿Ahora quiere ver anuncios de la tele? Esto es mucho peor de lo que creía.

7

UNA NOCHE MOVIDITA (II)

Mientras discutíamos cuál iba a ser nuestro siguiente paso para conseguir el polvo de hada extinta, me pareció que alguien tiraba piedras a la ventana. Pero no eran piedras. Era Pinchito, que golpeaba el cristal con su pico.

Hole hizo un agujero que nos llevó a la habitación de Lidia, y allí hizo otro que nos llevó hasta el parque. Si Boby nos quería ver a esas horas debía de ser porque tenía algo importante que decirnos.

Cinco minutos más tarde ya estábamos delante de la camioneta de Boby, que nos contó una cosa increíble: ¡¡¡acababa de ver al Dr. Brot cruzando el parque con el Mago Pan!!!

¿Estás diciendo que el Mago Pan está aquí, Boby?

¿Estás seguro, Boby?

¡Claro que sí! Cuando se fue del *Libro de los monstruos*, el Mago Pan pasó una temporada en el bosque, muy cerca de mi tienda. Pude ver con mis propios ojos cómo se transformaba hasta convertirse en la desgracia que es hoy.

RIC RIC

Por lo tanto, si el Mago Pan está aquí... ¡Quizás pueda ayudarnos! ¡Y el Sr. Flat tendrá una oportunidad!

Ziro tenía razón. Si el Mago Pan estaba con el Dr. Brot, tal vez podría decirnos dónde o cómo encontrar el polvo de hada extinta, y así podríamos acabar de preparar el antídoto. Pero teníamos un problema: el Dr. Brot no nos lo iba a poner nada fácil.

Y efectivamente pasamos un buen rato en silencio hasta que Lidia, que pensó más que nadie, nos pidió que la escucháramos un momento.

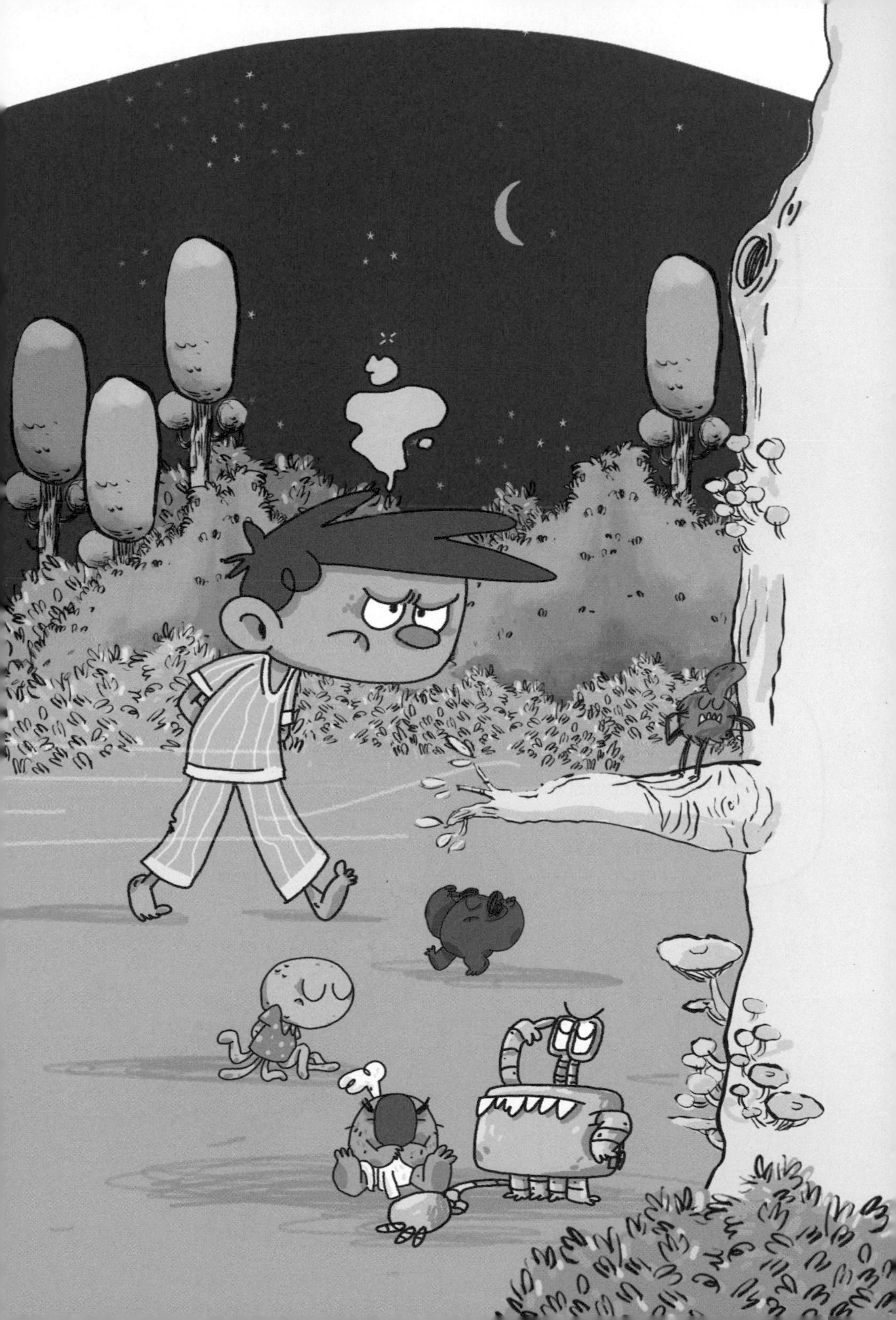

Lidia nos dejó a todos perplejos. Por lógica había llegado a una conclusión que parecía increíble.

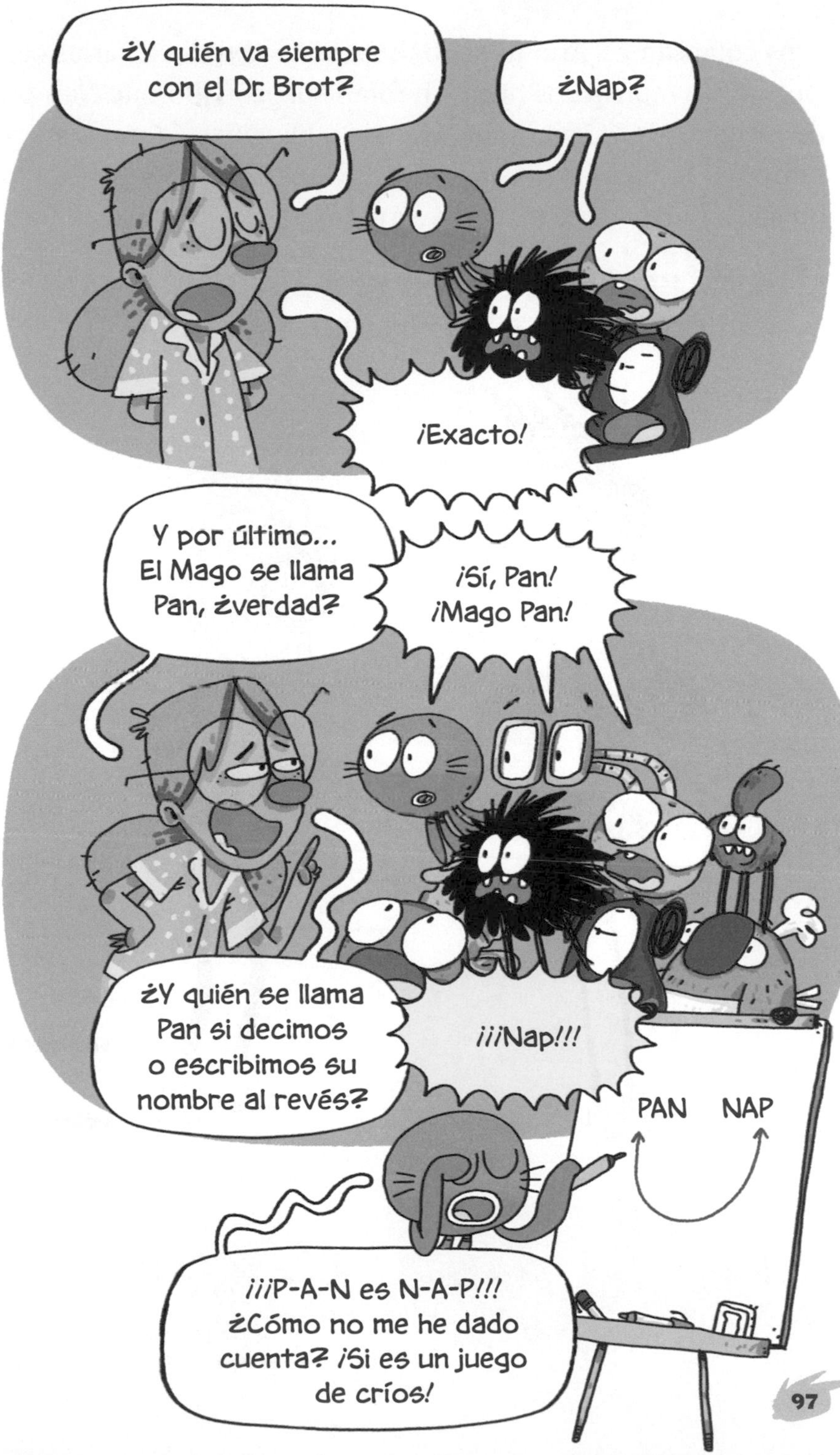
¿Y quién va siempre con el Dr. Brot?
¿Nap?
¡Exacto!
Y por último... El Mago se llama Pan, ¿verdad?
¡Sí, Pan! ¡Mago Pan!
¿Y quién se llama Pan si decimos o escribimos su nombre al revés?
¡¡¡Nap!!!
PAN NAP
¡¡¡P-A-N es N-A-P!!! ¿Cómo no me he dado cuenta? ¡Si es un juego de críos!

¡Nos colapsamos! Aunque lo habían visto actuar en varias ocasiones, los monstruos nunca habían sospechado que Nap pudiera ser el Mago Pan. Claro que al Sr. Flat, en su actual estado, tampoco le habrían reconocido. Realmente, el veneno de las abejas pántrax había causado estragos.

EVOLUCIÓN DEL MAGO PAN Y DEL SR. FLAT TRAS LOS EFECTOS DEL PÁNTRAX

MAGO PAN

NAP

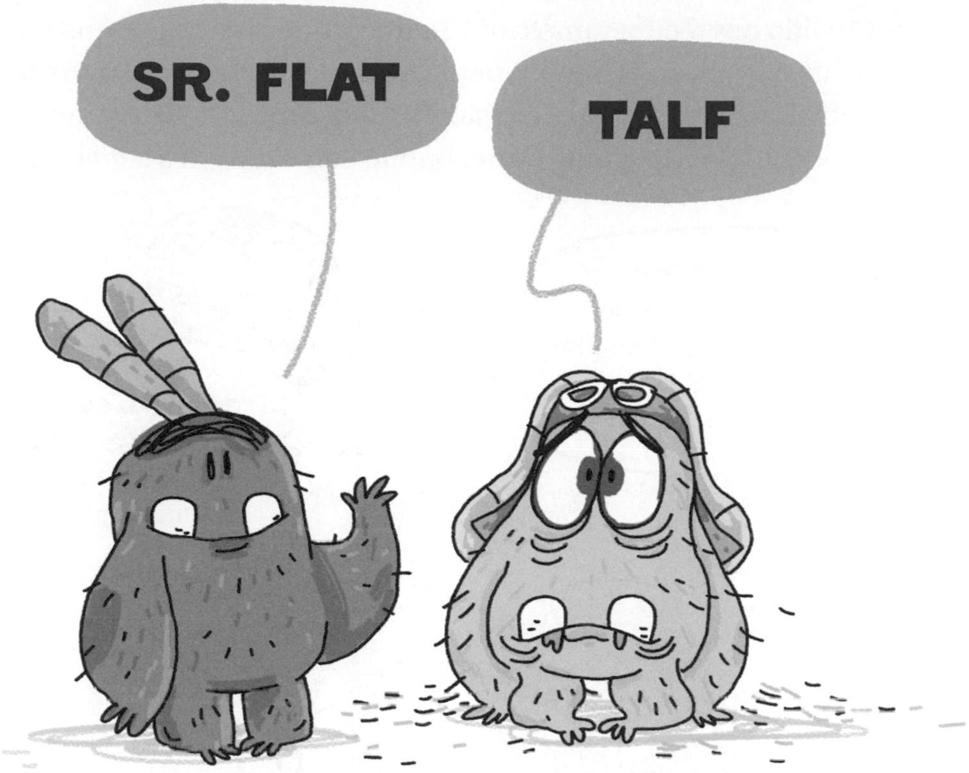
SR. FLAT
TALF

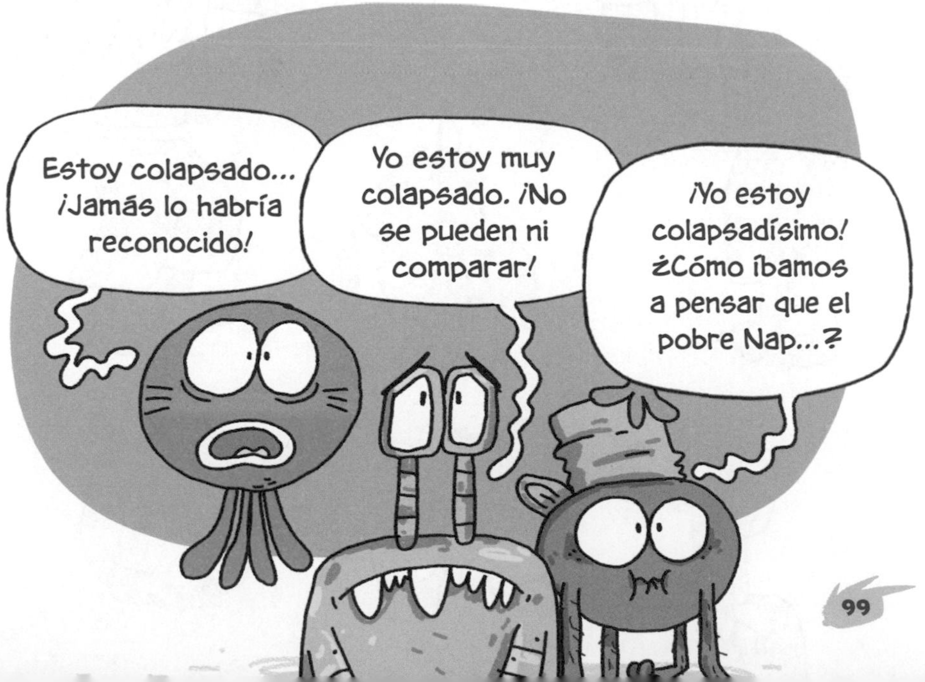
Estoy colapsado... ¡Jamás lo habría reconocido!
Yo estoy muy colapsado. ¡No se pueden ni comparar!
¡Yo estoy colapsadísimo! ¿Cómo íbamos a pensar que el pobre Nap...?

Cuando nos recuperamos mínimamente de la sorpresa que habíamos tenido, nos dimos cuenta de que el problema al que nos enfrentábamos era que Nap siempre iba con el Dr. Brot y nunca lo perdía de vista. Por lo tanto, hablar con él no iba a ser fácil.

Según Lidia, teníamos que hacer creer al Dr. Brot que íbamos a entregarle al Sr. Flat para que se fuera a por el *Libro de los monstruos*. Con un poco de suerte, eso haría que tuviéramos la oportunidad de quedarnos a solas con Nap.

Nap siempre acompaña al Dr. Brot. Que yo recuerde, nunca lo he visto solo.

Ziro tiene razón, Lidia. Si el Dr. Brot se va a buscar el *Libro*, se llevará a Nap...

Pero y si...

¿Tú hablas?

¡Claro que hablo! Si tú hablas, ¿por qué no voy a hablar yo?

Dog hizo una propuesta que nos pareció increíblemente buena. Consistía en que Boby se ofreciera a acompañar al Dr. Brot con la camioneta a buscar el *Libro de los monstruos*, porque no se fiaba, para ir más rápido o por lo que fuera, pero que mientras tanto, Nap tenía que cuidar a Dog.

Puede funcionar, ¿verdad?

¡Yo creo que sí!

¡Claro que va a funcionar! Además, de paso, no perderé ni un momento de vista el *Libro de los monstruos*. ¡No me fío ni un pelo del Dr. Brot!

¡Pues venga, vamos a buscar a Brot!

Primero vayamos a buscar a Flat, y que los chavales se vistan. ¡No es de recibo acabar una aventura en pijama!

8

EL SR. FLAT A CAMBIO DEL *LIBRO DE LOS MONSTRUOS*

Al Sr. Flat, que ya estaba en un estado lamentable, le pareció perfecto que lo quisiéramos cambiar por el *Libro de los monstruos*. Daba pena, el pobre. Ya no estaba enfadado, y cada vez se parecía más a Nap: una verdadera desgracia viviente, un desastre monstruoso.

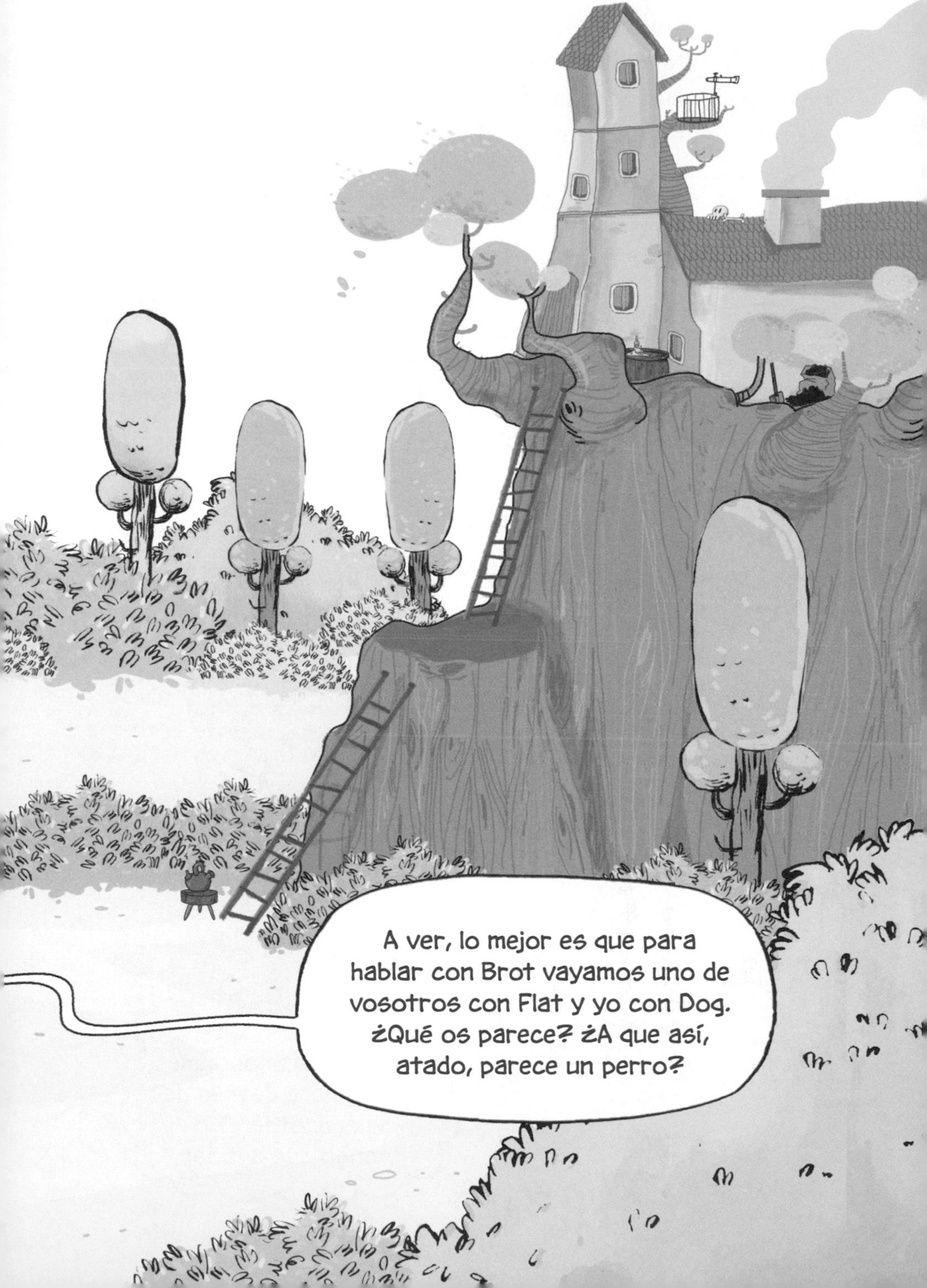
A ver, lo mejor es que para hablar con Brot vayamos uno de vosotros con Flat y yo con Dog. ¿Qué os parece? ¿A que así, atado, parece un perro?

Discutimos quién tenía que ir con Boby a ver al Dr. Brot y todo el mundo estuvo de acuerdo: querían que fuera yo. A mí no me pareció la mejor opción, pero como todos insistieron, al final lo acepté deportivamente.

Pese a mis dudas, cuando llegué a casa del Dr. Brot solté la frase que tenía que decirle, y la verdad es que lo hice razonablemente bien.

Todo iba bien, pero las cosas empezaron a torcerse tan pronto como el Dr. Brot y Boby se pusieron a hablar. Y al Sr. Flat y a Nap les hizo mucha gracia.

¿Qué, Brot, sigues tan enfadado como siempre?

¿Y tú, Boby, aún estafas a la gente con tus productos?

¿Quién me iba a decir que te encontraría viviendo en un parque?

Sí, ¿y a mí quién me iba a decir que tú estarías instalado en el bosque de Caperucita? ¡Uaajajajajaja!

Je, je... Qué gracia y tal, ¿no?

¡Sí, todo es muy gracioso!

Como la relación entre el Doctor y Boby podía complicar nuestros planes, Lidia salió de detrás del arbusto para resituar un poco las cosas.

Boby engañó completamente al Dr. Brot con aquella historia de acompañarlo, pero aún quedaba la segunda parte del engaño: ¡teníamos que quedarnos a solas con Nap!

El Dr. Brot se tragó la bola de Boby, y Nap estuvo encantado de quedarse con Dog. No hace falta que explique que el Sr. Flat, en su estado de estupidez severa, pensó que era una idea excelente.

Y entonces el Dr. Brot y Boby subieron a la camioneta para ir a buscar el *Libro de los monstruos,* y todos respiramos profundamente. ¡Estábamos a punto de tener una conversación con el verdadero Mago Pan!

9

DE NAP A PAN
Y DE FLAT A TALF

Hablar con Nap y con el Sr. Flat no era fácil, y para colmo las intervenciones de Dog aún lo hacían todo más difícil.

Como hablar con aquellos tres era imposible, pedí a Lidia que lo probara ella. Pensé que, como en público hablaba mejor que yo, quizá tendría más éxito.

Tranquilo, Agus. Ahora hablaremos con Nap y lo aclararemos todo. ¿Verdad, Nap?

¿Qué? ¿Aclarar qué? ¿Qué tenemos que aclarar?

Yo me voy a tomar un café. Para un rato que estoy sin Boby y puedo ir a mi rollo...

Yo no entiendo nada de nada. ¿Yo antes no era de otro color? Je, je... Es todo tan extraño.

¡Qué locura! Era imposible saber qué teníamos que hacer para que Nap se centrara un poco. Y entonces, no sé por qué ni cómo, se me pasó por la cabeza gritar su auténtico nombre.

Y así fue como Lidia y yo pudimos mantener una conversación con Nap, o por lo menos algo que se parecía bastante a una conversación.

Había llegado el gran momento, el momento en que el mago Pan o Nap, que para el caso era lo mismo, nos revelara dónde podíamos encontrar el polvo de hada extinta. Solo así íbamos a poder salvar al Sr. Flat.

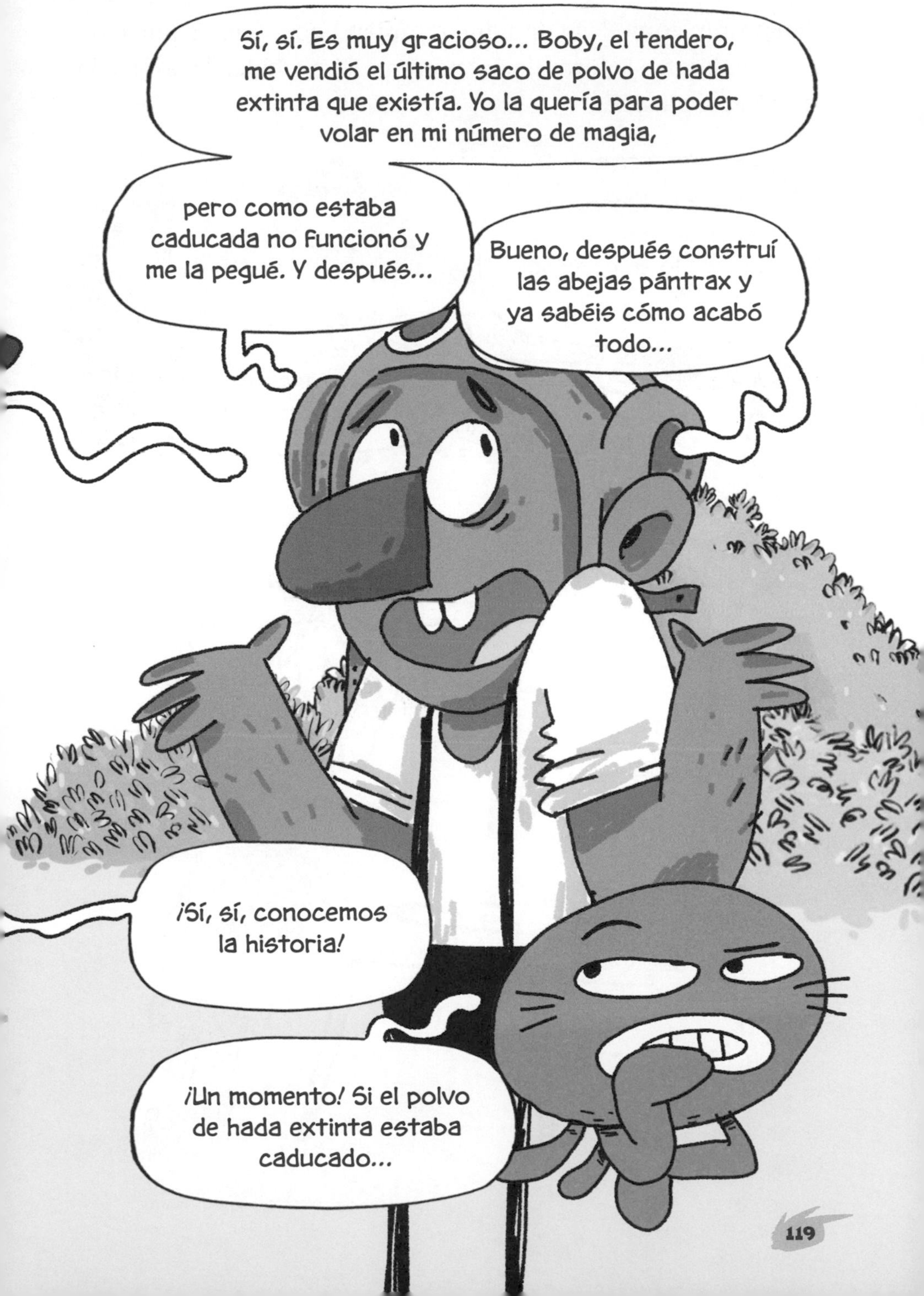
Sí, sí. Es muy gracioso... Boby, el tendero, me vendió el último saco de polvo de hada extinta que existía. Yo la quería para poder volar en mi número de magia,
pero como estaba caducada no funcionó y me la pegué. Y después...
Bueno, después construí las abejas pántrax y ya sabéis cómo acabó todo...
¡Sí, sí, conocemos la historia!
¡Un momento! Si el polvo de hada extinta estaba caducado...

Tan pronto como Nap dijo que también había puesto polvo de hada extinta en la fórmula del pántrax, Ziro y Lidia llegaron a la misma conclusión.

Sin perder ni media décima de segundo, Ziro y el Cheff Roll fueron a buscar polvo, y Lidia y yo nos quedamos con Nap y el Sr. Flat.

¿Qué podía haber hecho que alguien tan buena persona como Nap estuviera con el Dr. Brot? Ojalá, cuando se recuperara, Nap pudiera rehacer su vida y alejarse del Doctor.

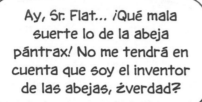

Ay, Sr. Flat... ¡Qué mala suerte lo de la abeja pántrax! No me tendrá en cuenta que soy el inventor de las abejas, ¿verdad?

¿Yo? ¿Por qué iba a enfadarme?

No, por nada. Ji, ji... Además, en veinte o treinta años usted recuperará la normalidad.

¡Huy, qué suerte! Je, je, je...

Y, aprovechando que ha cambiado tanto, también podría cambiarse el nombre y llamarse Talf, que es Flat al revés. ¿Cómo lo ve?

¡Huy, sí, Talf, qué bonito! Je, je, je...

¡Esto parece una competición para ver quién es más burro!

Y entonces llegaron nuestros amigos con el antídoto, al que, evidentemente, le habían añadido un buen puñado de polvo. Lidia y yo estuvimos muy contentos, pero no podíamos evitar sentir lástima por Nap. En su caso ya era demasiado tarde.

Mucho antes de lo que podíamos esperar, el Sr. Flat recuperó su color y su aspecto habituales. Y antes de que nadie pudiera darse cuenta, oyó el ruido del motor de la camioneta de Boby y nos puso las pilas a todos.

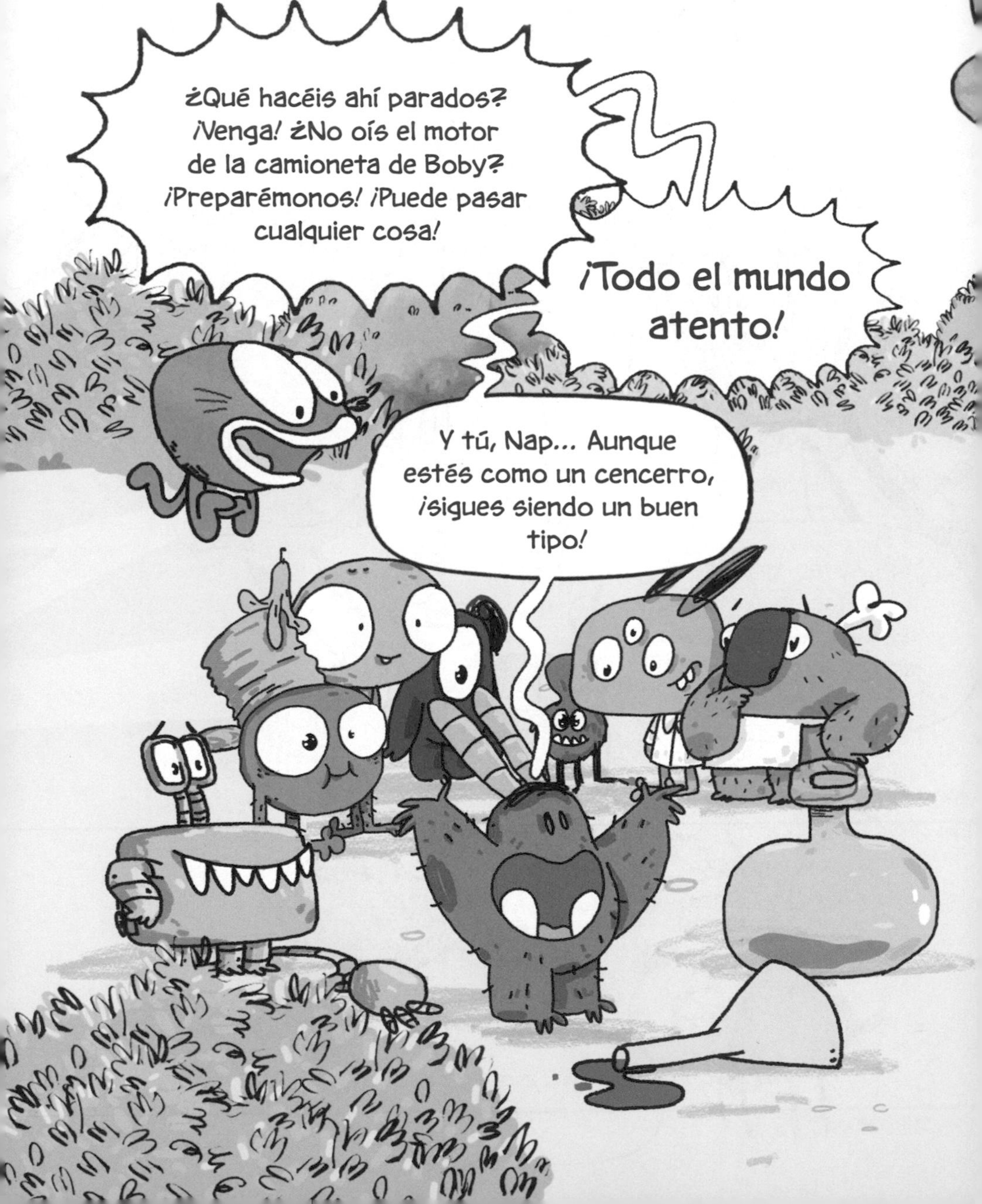
¿Qué hacéis ahí parados? ¡Venga! ¿No oís el motor de la camioneta de Boby? ¡Preparémonos! ¡Puede pasar cualquier cosa!
¡Todo el mundo atento!
Y tú, Nap... Aunque estés como un cencerro, ¡sigues siendo un buen tipo!

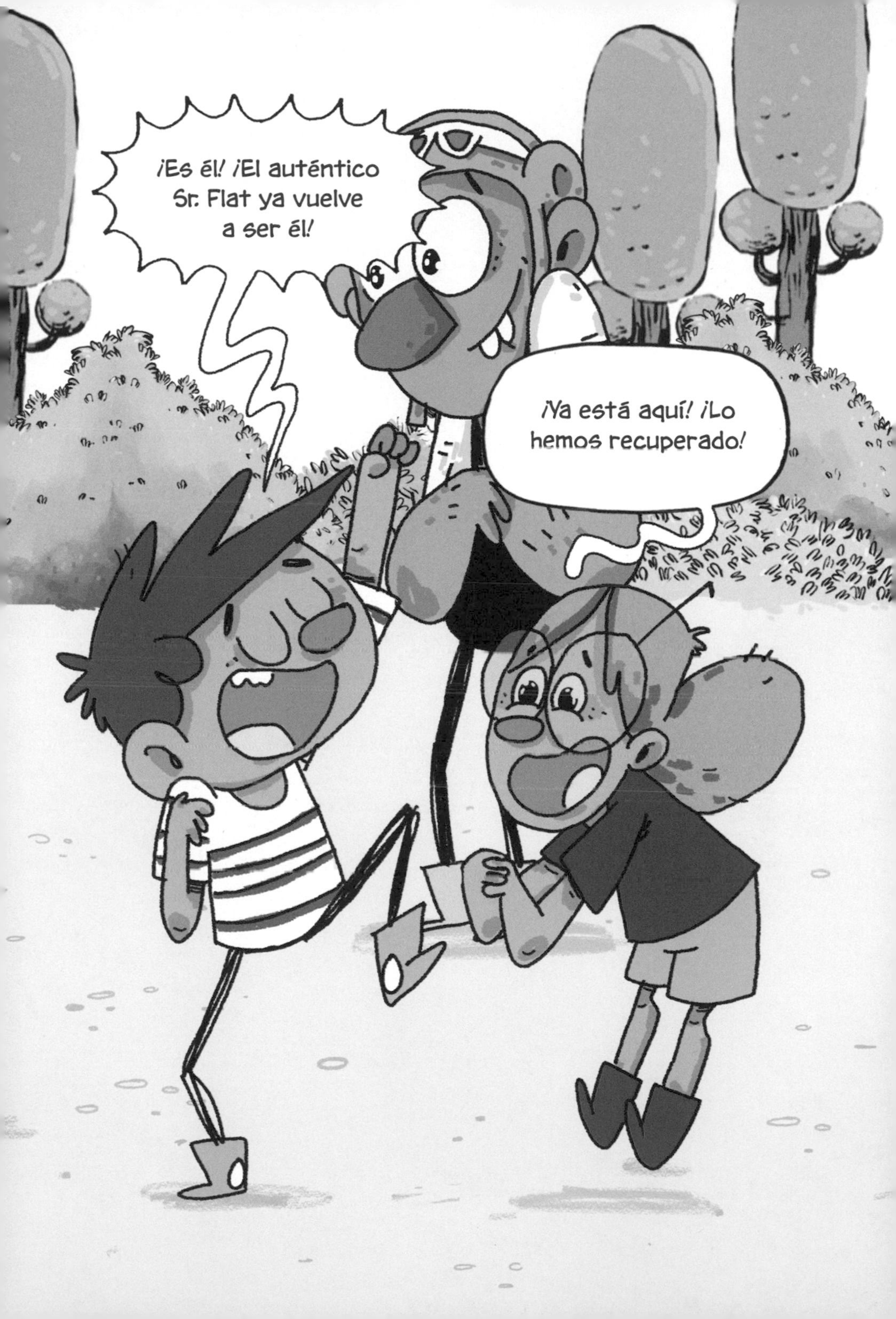
¡Es él! ¡El auténtico Sr. Flat ya vuelve a ser él!
¡Ya está aquí! ¡Lo hemos recuperado!

10

NI LIBRO, NI FLAT, NI NADA

Antes de que llegaran Boby y el Dr. Brot, el Sr. Flat nos dijo que no veía nada claro que el Dr. Brot estuviera dispuesto a entregarnos el *Libro de los monstruos*, ni a cambio de él ni a cambio de nada. Y tampoco tenía nada claro que Boby no nos la quisiera jugar.

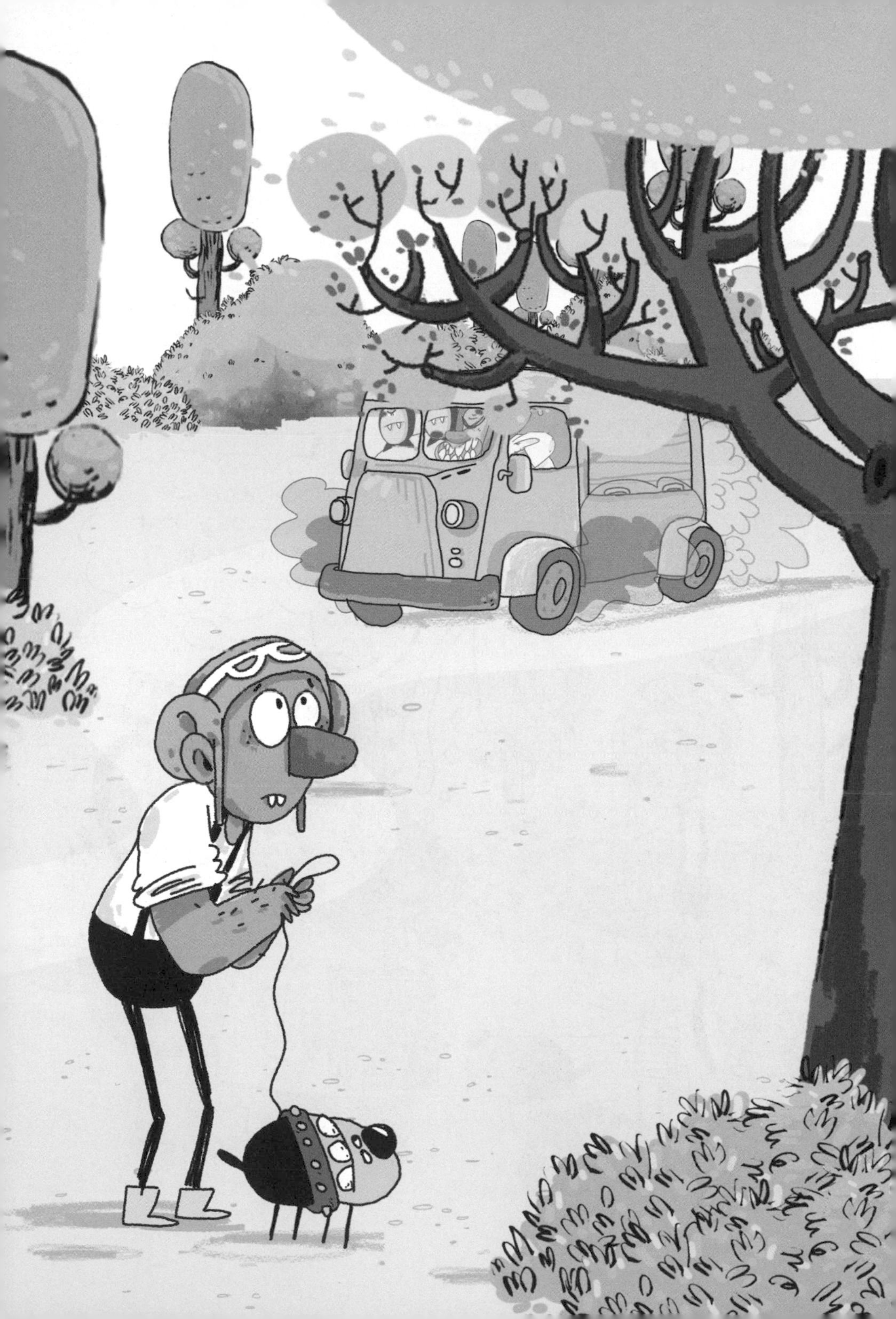

El Sr. Flat no se equivocó. Tan pronto como tuvimos ante nosotros a Boby y al Dr. Brot con el *Libro de los monstruos*, empezó a quedar claro que ninguno de los dos iba a jugar limpio.

Y entonces se desencadenaron una serie de hechos inesperados, que nos dejaron boquiabiertos.

LOS HECHOS INESPERADOS QUE SE SUCEDIERON CON BOBY Y EL DR. BROT

1. Dog mordió la pierna al Dr. Brot.

2. El Dr. Brot, a causa del dolor, dejó caer el *Libro de los monstruos*.

3. Pinchito agarró el *Libro* al vuelo.

4. Boby empezó a correr hacia la camioneta, y Dog y Pinchito lo siguieron.

5. El Dr. Brot intentó atrapar al Sr. Flat, que fingía estar bajo los efectos del pántrax.

6. Drílocks corrió hacia el Doctor, se dividió en dos y le hizo la zancadilla.

7. El Doctor cayó de bruces al suelo mientras el Sr. Flat se escapaba.

8. Nap se despistó con una mariposa y se puso a reír.

9. Y al Sr. Flat también le dio la risa.

Y cuando los hechos inesperados cesaron, en poco más de unos segundos todo quedó más o menos claro.

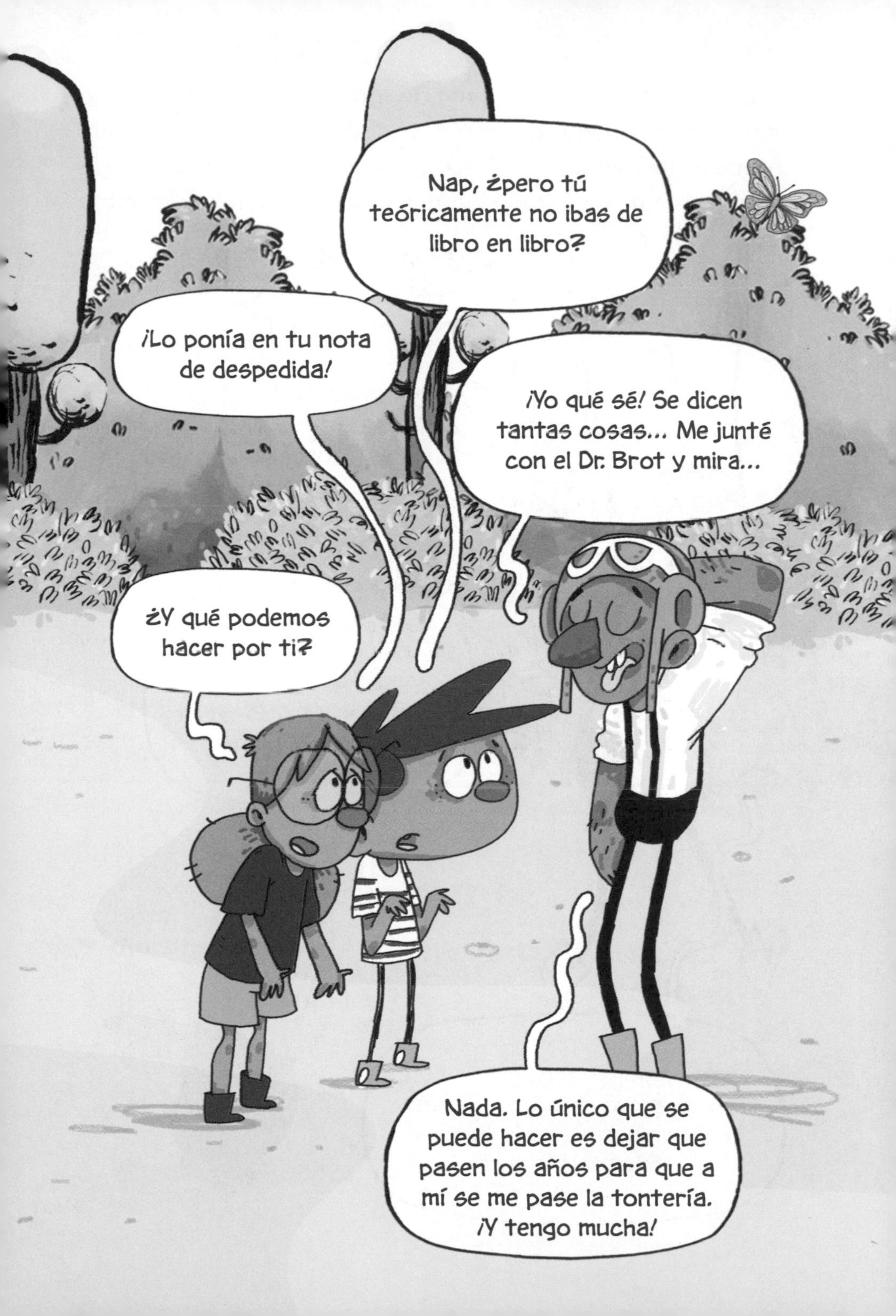
Nap, ¿pero tú teóricamente no ibas de libro en libro?
¡Lo ponía en tu nota de despedida!
¡Yo qué sé! Se dicen tantas cosas... Me junté con el Dr. Brot y mira...
¿Y qué podemos hacer por ti?
Nada. Lo único que se puede hacer es dejar que pasen los años para que a mí se me pase la tontería. ¡Y tengo mucha!

Como el Dr. Brot se dio cuenta de que su plan era un fracaso total, sufrió un ataque de ira. Y eso en su caso era peligrosísimo, porque él, de natural, ya sentía rabia. Por ese motivo enrojeció completamente y se quedó inmóvil y rígido. Suerte que el pobre Nap se lo llevó.

¡Grrrrrrrrr!

¡Debería aprender a controlar la ira, Doctor!

Nap, cómprale un libro de emociones al Dr. Brot, a ver si aprende a gestionarlas. A mí no me gustan, pero a lo mejor le funciona.

Gracias por el consejo, Sr. Flat, pero es que el Dr. Brot no lee. Está en contra de la lectura, incluso de la mala.

Ni el Dr. Brot ni Boby, el tendero, consiguieron nada. El primero había acabado con un ataque agudo de ira que lo había dejado planchado. Y Boby no solo no había conseguido el *Libro de los monstruos*; tampoco había conseguido *Pippi Calzaslargas*. ¡Habíamos ganado! Pero algo impedía que nos sintiéramos felices.

Habíamos vivido aquella aventura en menos de veinticuatro horas, pero a mí me habían parecido veinticuatro semanas. Aun así, de repente era como si no hubiera ocurrido nada. Y el Sr. Flat era más Sr. Flat que nunca.

11

VIVA LA NORMALIDAD...., ¡A VECES!

Después de todo lo que habíamos pasado, era de agradecer cierta normalidad. Pero todavía teníamos que resolver un problema: ¿qué hacíamos con Lidia? ¡Emmo tenía que lanzarle su rayo! Teníamos que conseguir que lo olvidara todo.

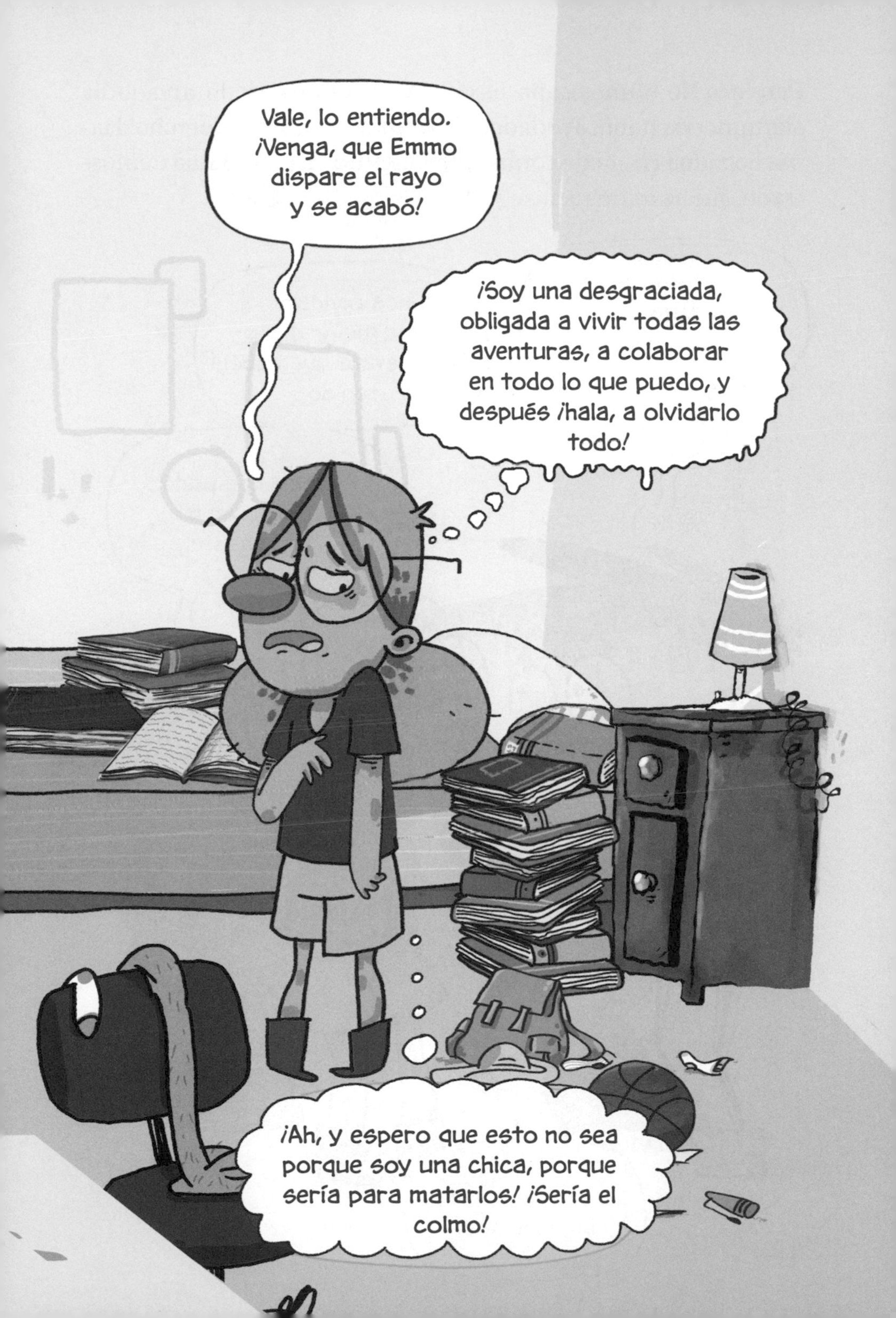
Vale, lo entiendo. ¡Venga, que Emmo dispare el rayo y se acabó!
¡Soy una desgraciada, obligada a vivir todas las aventuras, a colaborar en todo lo que puedo, y después ¡hala, a olvidarlo todo!
¡Ah, y espero que esto no sea porque soy una chica, porque sería para matarlos! ¡Sería el colmo!

Pero no. No fuimos capaces de utilizar el rayo de Emmo. Lidia siempre nos había ayudado. ¡No teníamos ningún derecho! Había llegado la hora de confiar plenamente en ella. Había demostrado que se lo merecía.

No, Lidia. Ya no hace falta el rayo de Emmo.

Nunca olvidaré –y nunca mejor dicho– este detalle que habéis tenido.

Y sabed que podéis confiar en mí plenamente.

Lo sabemos, Lidia. Lo sabemos.

Todo habría acabado bien de no haber sido porque Lidia recordó que al día siguiente empezaba el curso. Yo ya lo sabía, pero había una cosa que había olvidado por completo: ¡los deberes del verano!

Como las asignaturas del curso anterior no me habían ido de-masiado bien, tenía un montón de deberes. Y no era que no los hubiera querido hacer, simplemente el verano había pasado tan rápido que ni me había dado cuenta.

Aquella noche trabajamos a destajo y entre todos terminamos los deberes. Y además nos sobró tiempo para hacer otras cosas. El Sr. Flat, absolutamente recuperado, leyó fragmentos de un montón de libros, y se emocionó unas cuantas veces.

Y no solo leímos libros, el Sr. Flat también nos cantó una canción mientras Octosol lo acompañaba a la guitarra. Quería recuperar el tiempo que había pasado atontado.

Cuando ya amanecía, Lidia y yo descansamos un poco para poder mirar el sol por la ventana. Así fue como vimos a Nap, que se dedicaba a dar migas de pan a los pájaros.

Y un rato más tarde, Lidia y yo, cargados con los deberes, nos fuimos a la escuela muy bien acompañados.

Volver a la escuela no me causaba ninguna alegría especial, pero cuando llegamos a la puerta el corazón se me aceleró. Emma, la bibliotecaria, estaba allí dando la bienvenida a los alumnos.

¡Ay, Emma, me he olvidado los libros que me dejaste para leer en verano!

Mañana los traerá. Ya me encargo yo.

No te preocupes, Agus. Pero, dime... ¿Qué piensas hacer este curso?

Ante esa pregunta fue cuando me di cuenta de que estábamos todos juntos: los monstruos, Lidia, Emma y yo… Y me pareció que, nos esperara lo que nos esperara, ¡aquel iba a ser un buen curso!

Y MUY PRONTO...
UNA NUEVA AVENTURA:

LA CARTA
MÁS ALTA

Un campeonato internacional
de juegos de mesa,
el *Libro de los monstruos* en juego,
unos participantes muy estrambóticos...
¡Y UN MONTÓN DE TRAMPAS
Y TEJEMANEJES!

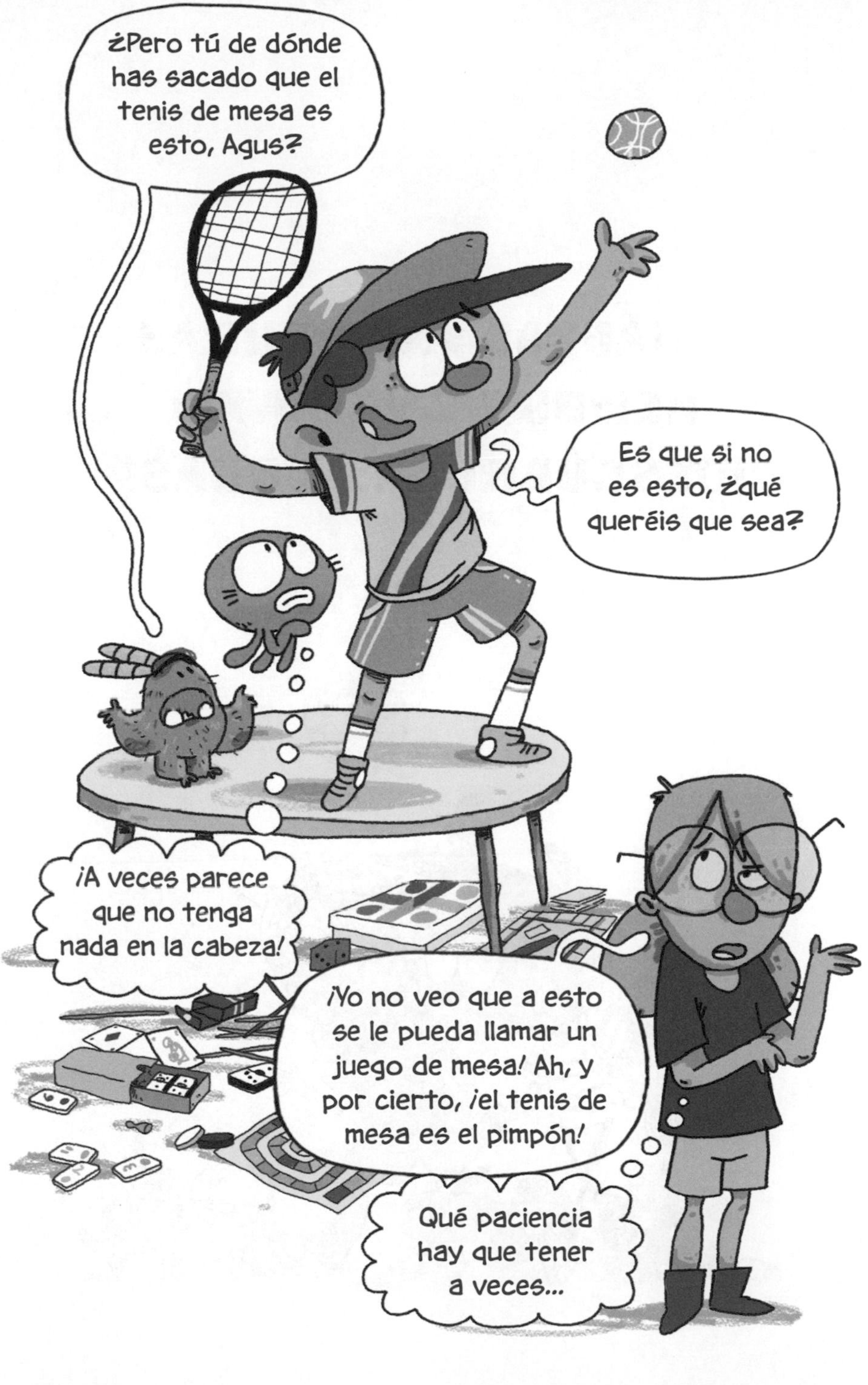
¿Pero tú de dónde has sacado que el tenis de mesa es esto, Agus?
Es que si no es esto, ¿qué queréis que sea?
¡A veces parece que no tenga nada en la cabeza!
¡Yo no veo que a esto se le pueda llamar un juego de mesa! Ah, y por cierto, ¡el tenis de mesa es el pimpón!
Qué paciencia hay que tener a veces...

¡CUÁNTAS AVENTURAS HEMOS VIVIDO YA! ¡DESCÚBRELAS TODAS!

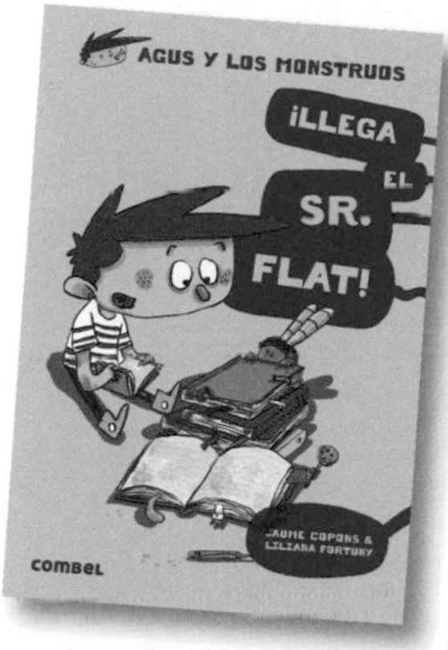
AGUS Y LOS MONSTRUOS
¡LLEGA EL SR. FLAT!
JAUME COPONS & LILIANA FORTUNY
combel

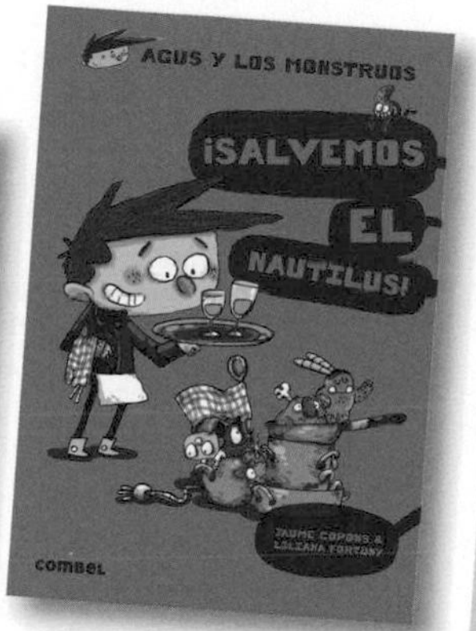
AGUS Y LOS MONSTRUOS
¡SALVEMOS EL NAUTILUS!
JAUME COPONS & LILIANA FORTUNY
combel

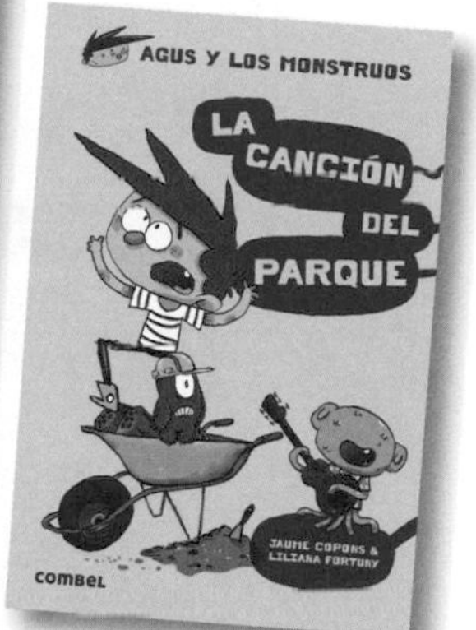
AGUS Y LOS MONSTRUOS
LA CANCIÓN DEL PARQUE
JAUME COPONS & LILIANA FORTUNY
combel

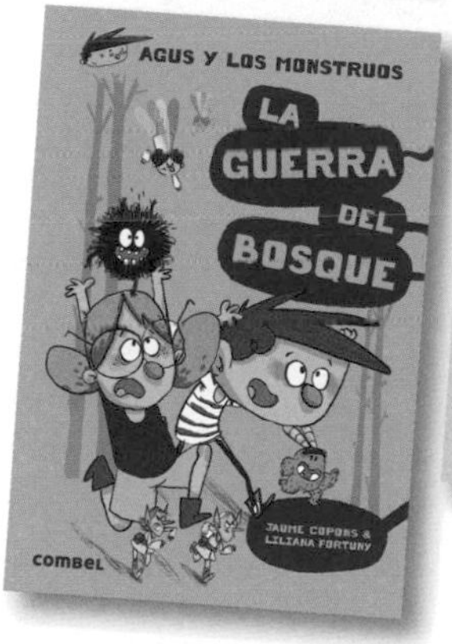
AGUS Y LOS MONSTRUOS
LA GUERRA DEL BOSQUE
JAUME COPONS & LILIANA FORTUNY
combel

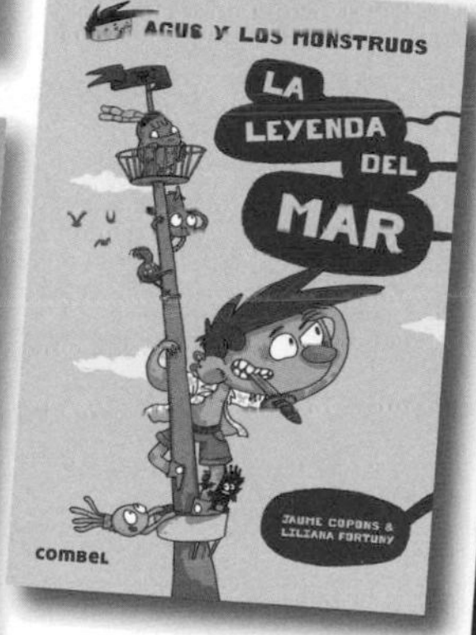
AGUS Y LOS MONSTRUOS
LA LEYENDA DEL MAR
JAUME COPONS & LILIANA FORTUNY
combel

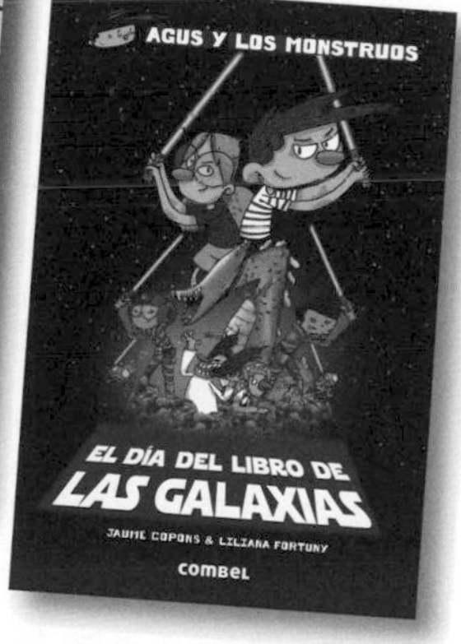
AGUS Y LOS MONSTRUOS
EL DÍA DEL LIBRO DE LAS GALAXIAS
JAUME COPONS & LILIANA FORTUNY
combel

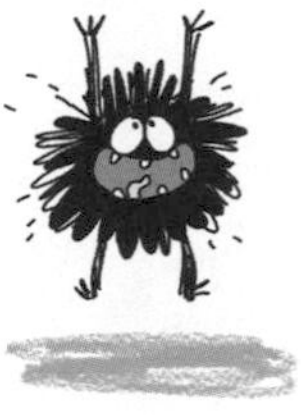